小說與故事課

周芬伶

四、小說的基型

五、小說的元素

六、故事課

古老的靈魂，此時此刻

高博

後來因為一些原因，我離開了大度山，搬到了靠近大里的房子，就在那陣子我才從周芬伶的散文中發現，原來她在我這個年紀，二十多歲時，也住到了大里來，二十五歲的我們都在這條旱溪旁為寫長篇小說苦惱。二十五歲的我們都還尚在研究所讀書。我們都熟悉如何從大里到大度山，都是舊城區的漫遊者，騎著機車晃過中港路，晃過研究所泰半時光。

只不過時代不同，她的是鄉土文學論戰，我的是太陽花。現在旱溪周圍五光十色，各種歌廳、按摩店招牌林立。城市早像癌細胞往東蔓延至大度山。高樓取代相思林，風吹砂不再，東海人不需要頭巾了，卻一個個戴起口罩。

從她的散文我也發現她很怕老師，怕到有時都要忘記自己也是老師。我不怕老師，倒是常添麻煩。因為我是一個討厭上課的人，習慣自己讀書，自己一個人思考，非常不喜歡到學校上課，尤其受不了演講式的講堂。到了學風相對自由的大學，翹課根本是我的家常便飯。

學運時期更糟，我幾乎翹光了所有的課，最後乾脆休學，社課和讀書會去的遠比必修課還勤奮。只有周芬伶老師的課還是想盡辦法去報到。大學時，我到課率最高的課堂往往都是她的課。

原因無他，寫作的強烈慾望。而當年能讓那股寫作慾燃燒得更旺盛的人就是她，東海文青稱為「阿芬」的周老師，騎著小綿羊頭戴粉紅色Hello Kitty西瓜皮的阿芬，在大學咖啡廳裡抄書的阿芬，永遠對學生義氣相挺的阿芬。

所以跟著阿芬學習文學創作，應該都打轉在寫作的理論和實務吧？就是坐在書桌前，打開電腦，參賽文學獎……不，才不是這樣呢。應該說，她的寫作課不僅如此而已。熟悉她的人都知道，她喜歡困難，而且熱衷挑戰極限。愈是艱難的事情她愈是愛做，而且還要做到完美。所以她的文學創作課也就非常精彩，課內除了讀、寫、評，往往包含內向文青最懼怕的舞臺演出，不僅對學生十分有挑戰，對她亦然。例如做詩劇場時，不擅在晚上工作的她竟就配合了大家的作息，晚上拖著疲憊的身軀進排練場。技排、整排再晚，冒著騎夜車和失眠的風險她都還是出席。又例如她常犧牲自己稀少的休息時間，就陪我們開讀書會，評作品也評論文，甚至親自煮茶燒飯，不只要靈活我們的腦袋，也把咱的心靈和肚子都要滋潤飽滿才行。更例如她幾乎全年無休，連寒暑假的時間也常常放在學生身上，自己還能維持穩定的創作和研究產出。

就這樣跟著她學習了八年緊緊追著，從大學一路賴著她到研究所，我常驚訝於她的無酬付出。她用她的生活告訴我們：生活本身就是創作。創作和生活一樣，沒有捷徑。

她的課堂接近古希臘的學園，想寫詩的不能只學詩，玩小說的不能只讀小說，在這裡寫作者要學習老師的所有一切，全人教育。跟著她學習文學，必須把詩、散文、小說、劇場、電影都摸得熟透，最好還要讀哲學，懂美，更要懂得有紀律的生活。最好什麼都學，什麼都做。可以說，教室裡的人都為智識、為美而癡狂。

因此我常覺得阿芬是個癡狂的人，人不會只出現在玉市或骨董精品市集，不會只打扮成開喜婆婆摘梅子釀酒，有陣子她就真的飛去喜馬拉雅山，爬空氣稀薄的高山石子路，聽佛法，嘔吐生病，夜裡任由蟑螂爬過身體，回臺立刻拋出一本《北印度書簡》，讓我想到三毛，卻是個更充滿愛，愛到滿身是傷的作家。

不過閱讀上個世紀的周芬伶，我常常認不出她就是我認識多年的那個阿芬。我認識的周芬伶恐怕不是閨秀時代的沉靜。絕美的主題仍在，卻深化為美與醜、聖與魔的辯證和拉鋸。沉靜進化成阿芬，有些溫柔，有些酷兒，有時還很man，上健身房鍛鍊肌肉跟我們比二頭肌、研究戰爭史和軍火武器，更不用說她愈來愈是個冒險家了，竟把她本應抒情的南方家族史擴寫成屬於女人而橫越大時空、大歷史的《花東婦好》。

看來寫小說真的非常需要生活的體驗和刺激。田野調查是必要，活在「此時此刻」更是重要。

第一次進她的教室就是小說課。在那之前我只讀經典小說。我愛福克納，愛海明威，喜歡喬埃斯甚至更古老的狄更斯，尤其佩服維多利亞時代的說故事技術。經典固然重要，卡夫卡、馬奎斯、張愛玲仍是當代作家崇拜的對象。《詩經》、《楚辭》、原始宗教和神話也仍在精神層面滋養我們的文明。但寫作者更要大量閱讀此時此刻的文學，大面積接觸此時此刻的社會。

首堂小說課她就說了，小說家通常都有古老的靈魂，可是筆鋒必須貼近時代，所謂的此時此刻。確實，藝術是人的心靈，心靈透過此時此刻的語言映照大千世界。現在想來理所當然的事情，對當年十九歲的我確實既衝擊又震撼，啟蒙大抵就是這樣的情緒。

研究所第一個平安夜，走過唱詩班、耶誕市集就去拜訪阿芬。她泡了一壺上好的老普洱。她知道些我的過去，特別在這樣的節日裡，她帶著笑容告訴我，不能把「家」放在他人身上，把「家」放在自己身上。自己就是自己的家，我們活在此時此刻。

她就是這樣生活過來的。她就是這樣寫作的。她的小說故事往往就是這樣展開，有點像維多利亞時代的孤兒，孤寂卻又有那麼一點紅樓，數不盡的繁華，倒不盡的寂寞。

如果說健身的人要補充蛋白質營養，那麼此時此刻就是所有小說家精進自我的養分。此時此刻永遠發生，永遠新鮮。此時此刻也是一份古老的禮物，例如薄伽丘說故事時，他的此時此刻竟成為永恆。

一、小說的定義

拆字遊戲

如何定義小說？在中文與西方對小說的界說恰是兩極，在中文裡，「小」有微不足道的貶義，品性不良的謂「小人」；旁門左道謂「小道」；沒什麼大用處的技藝謂「小技」，因此「小說」亦是貶詞，最早提到有關小說的評價的可能是荀子：「故知者論道而已矣，小家珍說之所願皆衰矣。」，因此在中國「小家珍說」可說是「小說」最早的拆字與定義，是與大道相對的微小之物。至《漢書‧藝文志》出現的小說家還是敬陪末座：「小說家者流，蓋出於稗官野史，蓋街談巷議，道聽途說之所造也。」跟現在的馬路消息，八卦傳說接近。「說部」的名稱好些，明鍾惺《致譚友夏書》：「奇俊辨博，自是文之一種，以施之書牘題跋語林說部，當是本色。」但到清代江藩《經解入門‧解經不尚新奇》仍有意見：「十三經皆先聖遺言，意義醇厚，豈有如後世子部、說部之書，徒快一時口舌哉。」自古以來小說背負著巨大的陰影存在著，至一九〇二年梁啟超〈論小說與群治之關係〉才有正面的意義：「欲新一國之民，不可不先新一國之小說。故欲新道德，必新小說；欲新宗教，必新小說；欲新政治，必新小說；欲新風俗，必新小說；欲新學藝，必新小說；乃至欲新人心，欲新人格，必新小說。何以故？小說有不可思議之力支配人道故。」梁所談的小說之力有四種：一是熏，薰陶；二是浸，浸染；三是刺，刺激；四是提，提升。至此小說方有正面的意義，這是受外國影響而產生的正面意義。

反觀西方「小說」不但不小，它非常大，可說是大說，它或稱Fiction，或稱Novel，前者指帶有想像力成分的文類，因此文學類都是Fiction，舉凡神話、劇本、小說、故事……都叫Fiction，它是個大類，可說是大說而非小說，在希臘文fation這個詞是從拉丁語詞fictio來的，意思是「編造」、「虛構」，其實小說在某種意義上講就是「編造」、「虛構」出來的東西，當然，是在一定真實生活基礎上的「編造」和「虛構」，它們不會逃避真實的人性與人生。在這裡必須先區分想像力與幻想力的不同，想像力必須根植於真實的人生，而幻想有逃避現實的傾向，類型小說大多從幻想出發，它沒有比較容易，只能說是一種過渡文類，多數青少年處在不滿現實的狀態，會選擇逃避現實，等到進入社會，較能接受現實，也許不再著迷類型，可想像力也喪失了。想像力是創造的根源，原始經驗則是創造力的回聲，因此當我們說小說是虛構的，指的是想像力的這一面，而當我們說Novel時，它指的是「新的」、「新奇的」，novel的字面含義正是這樣，它是從拉丁語的novella演變過來的，意思是「新的東西」，帶有寫實傾向的稱為Novel；帶有較多虛構的稱為Fiction。

如今我們的文類依循西方分類，它們分別是史詩、劇詩、抒情詩，早期的文學都押韻，因此都是詩體，作家都是詩人，亞里斯多德的《詩學》談的即是文學，而作家是廣義的詩人。史詩有大型、中型、小型，大型如《伊里亞德》、《奧德賽》，《伊里亞德》描寫特洛伊戰爭，寫法偏寫實，人物的對陣與武器都寫得很詳細；《奧德賽》描寫戰爭後，悠力西斯的海上漂流故事，誤入許多奇幻國度，其中有一地讓他喪失記憶，以致十年後才返回家門，妻子與兒女都認不得他，經過「口試」才得以全家團圓，寫法較超現實（虛構），可說這兩大史詩已將小說的兩個面向與美學發揮得淋漓盡致，這些都是小說的重要源頭。小型如《孔雀東南飛》，中國只有小型與微型史詩，可說是抒情詩傳統，非史詩、劇詩傳統，我們的唐詩、宋詞、元曲大抵都是抒情詩，微型史詩都存在樂府與古詩中，如杜甫的「三吏三別」是微型史詩，將之白話化即是短篇小說，史詩與敘事詩最大的不同是前者有對話，後者是代言體，因此《孔雀東南飛》是史詩；《長恨歌》是敘事詩，前者人物有對話，如焦仲卿不願停妻再娶，「焦母大撫掌，何乃太區區！」這是對話；《長恨歌》仍是作者代言「漢皇重色思傾國，御宇多年求不得，楊家有女初長成，養在深閨人未識……」。當韻文變白話文，長篇史詩是長篇小說，中篇史詩是中篇小說，短篇史詩是短篇小說；劇詩成為話劇與歌劇；抒情詩成為現代詩與散文。現代文學分詩歌、散文、小說、戲劇的分類，大抵是這樣來的。

那我們的說書與章回傳統哪裡去了，可以在類型小說中找到一些聲腔，也可在純文學小說中找到說書的影子，雖說現在純文學已不太純，與類型的分界越來越模湖，但其根源必須是史詩的，我們給與小說最高的評價仍是「如同史詩般轟轟烈烈」。

盧卡奇稱現代小說是「史詩的殘餘」，有時殘餘變殘廢。因為主角再也不是神話英雄人物，而是瘋子、傻子、罪犯，描寫的都是殘缺不全的，史詩之所以感動人，不只是英雄，而是完整的宇宙，如古詩十九首中的情感雖是哀傷的，內心世界仍是飽滿的：

青青河畔草
綿綿思遠道
遠道不可思
宿昔夢見之
夢見在我旁

忽覺在他鄉
他鄉各異縣
輾轉不可見
客從遠方來
遺我雙鯉魚
上言加餐飯
下言長相思

裡面有人物，至少三個，一對情人，一個送信人，有對話，以書信表達「加餐飯，長相思」；有敘述觀點（第一人稱），有情節（遠遊思念故鄉與情人，有人送來情書，對方同樣情意深長，多麼完美的情感，你夢魂所繫的對象，剛好也思念著你：如果是夢境，那情感更深刻，夢是深度的心理描寫。裡面也有場景，而且非常詩意美好。像這樣充滿畫面感的古詩，用白話書寫，就是一篇短篇了！

延伸閱讀

1. 荷馬《伊里亞德》
2. 荷馬《奧德賽》

二、故事的起源

故事與火

最早的故事可能從人類在火邊聊天開始，有了火便有夜生活，也開始有音樂、舞蹈、祭典，講故事剛開始都講真的，真的大多無聊，說著說著就睡著了，於是有人便開始加油添醋，虛構一些部分，當故事講得精彩，人們的眼睛睜大，聽到不想結束，於是就有特別會說故事的人成為大家追逐的對象。這時便展開聽的小說的漫長時代，它的歷史比寫定的小說年代，可能還要長久。

說故事除了打發時間，還可救人，如《天方夜譚》就有聽的小說的痕跡，故事的起源是國王痛恨女人，於是每天娶進一個女人當皇后，隔天早上便把她殺掉。一對姐妹為了救其他的女人，便自動要求當皇后，每到晚上，兩個姐妹輪流講故事，車輪戰的結果，把國王釣上了，當天亮雞鳴之時，故事剛好到高潮點，姐妹停止講話，國王急問：「怎麼停了？然後呢？」姐姐說：「可是雞叫了。」妹妹說：「可惜，後面更精彩。」國王就說：「那你們今晚繼續說，明天再殺你們。」接著一夜又一夜過去，故事越來越精彩，〈阿里巴巴四十大盜〉、〈辛巴達航海記〉……經過一千零一夜，國王愛上了聽故事，也愛上了兩姐妹，這便是最早的從聽的小說走向寫定的小說的過渡狀態，還保留聽的小說的痕跡，可能這些故事早已流傳民間，寫定通常要經過漫常的時間。這是聽故事可以救人的時代，也許有點誇大，但是對於故事的渴望是真實的。

另一個從聽的小說成為寫定的小說是薄伽丘的《十日談》，因為逃避瘟疫，逃入山中的三女七男，為了打發無聊的時光，玩起輪流當國王與皇后的遊戲，當國王或皇后的可以聽臣子講故事，山中十日，於是產生一百個故事。故事的來源或者不全然真實，但這一百個故事都短短的，其實只是故事的大綱，就算是大綱也夠精彩，可以想像說故事的人如何添枝加葉，帶表情或加入扮演，以致聽故事的人，聽得如癡如醉，這是聽的小說可以打發時光，作為主要娛樂的痕跡。

在中國，聽的小說也很早，在百戲中，或朝中優伶，成為大眾娛樂的一支，可能唐代就很普遍，那時的筆記記載文人通宵達旦聽「一枝花」的故事，即張生與崔鶯鶯的故事，至宋有瓦舍說書，種類眾多，聽眾更多，留下的話本，只是大綱，已是非常精彩，〈錯斬崔寧〉、〈碾玉觀音〉，主角都叫崔寧，這是巧合，還是當時有一系列有關崔寧的故事？

故事與死亡

故事常描寫死亡或最後以死亡為結局。

為何?這跟悲劇精神有關,有些小說含有悲劇精神,亞里斯多德的《詩學》提到悲劇,指的是悲劇乃以高於一般人為主角(不管地位或胸襟),其結果是以死亡或瘋狂為結束,伊底帕斯發現自己殺了父親娶母親為后,挖掉自己的雙眼自我放逐,這也是另一種形式的死亡與瘋狂,當我們看見比我們高尚的人不幸而死,所引發的恐懼與哀憐如此巨大,因此我們內心擠出膿血,獲得昇華。這是小說主角必死的原因。

然沒有充足理由的死亡很難說服人,或者太多意外的死亡,以前說「戲不夠,仙來救」,現在是「戲不夠,讓他死」這種死亡並不具意義。小說家因常處理死亡,瑪格麗特.愛特伍稱小說為「死亡的協商」,也就是你是死亡專家或死亡心理學家,你常要與死亡正面相對,因此你要比一般人更懂得死亡。

故事與出版

聽的小說如何變成寫定的小說？有人說印刷術的發明就是為了制止大家搶著說故事，乾脆把它們印出來。西方的長篇之祖是塞萬提斯《唐吉訶德》，短篇之祖是薄伽丘《十日談》，距離聽的小說年代都相當久遠。出版讓聽的小說成為寫讀的小說，引起文人的摹仿，也讓寫小說成為一重要文類。如說三國、說水滸說了許久，終於有人寫下來，那已是明代了。寫定的小說在說故事的基礎上發展，題材早已深入人心，光是武松與西門慶的故事就變身為兩本重要的小說《水滸傳》、《金瓶梅》，這些小說人物都很鮮活，可說立下小說的良好基礎。小說是人的藝術，人物是小說的靈魂，不是故事，也不是情節，聽的小說雖以情節吸引人，但真正讓人記住的是人物，那些生動的人物，引人驚歎，激起共鳴，三國、水滸的人物群已進入民族的畫廊，成為集體的臉譜，他們經過說書人與小說家的共同創造，具有「永久性」，經過寫定的小說流傳更為廣大久遠。

在聽的小說與出版的小說之間，還有傳抄的小說，手抄必然產生缺漏與改寫，如《紅樓夢》，抄來抄去，成為殘本，以及不同版本，經過程偉元與高鶚出續書版，早本的精神早已被改寫，這固然令人扼腕，卻讓這本書流傳廣大，這是少有的續書與原稿同時存在的書，續書通常遠不如原作，紅樓的續書相隔約三十年，還能接得住，雖然被罵得很慘，然程本將嚴肅小說寫成通俗小說，就出版的意義來說，它的讀者群更為廣大。如果沒有出版，這本書的命運可能更加悲慘。

延伸閱讀

1. 薄伽丘《十日談》
2. 《天方夜譚》

三、小說的本質

小說與歷史

歷史如果是「正史」，小說則被稱「野史」，小說與歷史常有交疊的關係，小說與歷史有何分別呢，亞里斯多德說：「歷史是描述已經發生的事件，戲劇（小說）是描述可能發生的事件。」今天的事件是明天的歷史，所以只要發生過的都是歷史；而小說是可以描述發生過的，也可以描述未發生過但有可能發生的故事，如神怪、科幻、未來、超現實等的情節，都是小說的範疇。至於小說與歷史，何者較真實？法國小說家雨果說：「歷史與小說皆有真實性，歷史追求客觀的真實，小說追求主觀的真實。」他又說：「歷史著重全面，小說著重細節，它們的共同性是描述永久的人。」只要進入歷史與小說就具有永久性。除非是失敗的小說人物。

雨果小說都有強大的歷史背景，他的小說《一七九三》，以法國革命中保皇軍與共和軍的戰爭故事為背景，裡面的歷史大多是真實的，但他創造三個虛構的主角，保皇黨統帥朗德拉克是共和黨領袖高凡的叔公，高凡的父母早死，由叔公撫養成人，但他長年征戰在外，交由神父西摩達因教養，西的學識淵博，他教高凡上通天文下通地理，又具有理想與博愛的胸襟，而朗德拉克是個鐵血將軍，賞罰分明，有一次載運幾十尊大砲過海，一個管理大砲的士兵，在風浪很大，一時疏忽，被固定好的大砲，有一尊鬆動，以致像撞球效應般，大砲互撞，船因此傾斜，眼看就要翻船，那士兵身手矯捷，發揮神功，把一尊尊大砲歸位固定，解除一次危難。船上岸後，朗德拉克下了兩條指令，一條以他救船有功臨危不亂頒給他一枚勳章，另一條以他疏忽職守，判他違反軍令處以死刑，於是這個士兵戴著勳章被處死，從這裡可看出朗德拉克的個性。

當兩軍交戰時，作者又虛構了一個母親帶著兩年紀很小的孩子逃難，有一次在森林中，孩子喊口渴要喝水，母親去找水，為怕孩子走丟，把孩子放在大樹斷裂空掉的樹洞中，這時朗的軍隊經過，以為是戰爭棄兒，看他們長得非常可愛，就把他們帶走了。孩子被照顧得很好，軍人叔叔都很喜歡他們，至此兩軍打到哪裡，就有一個瀕臨瘋狂的母親，在烽火中一路追趕尋兒，當兩軍決戰在朗的古堡，也是高凡生長的地方，激戰許久，保皇軍落敗，隨從保護統帥朗從地道離開，走到出口時，回頭看城堡起火了，原來孩子們在圖書室玩撕書的遊戲，紙被砲火打中，整個圖書室在大火中，這時朗德拉克沒有一絲遲疑，快速從地道回到圖書室，一手夾著一個孩子，用窗簾結繩，攀援降落地面，這時共和軍層層包圍，朗德拉克從容以對，高凡說：「我以共和軍統帥的名義下令逮捕你。」朗德拉克說：「我接受你的逮捕。」

活抓保皇黨統帥，那天共和軍都在熱烈慶祝，只有高凡在他的房中深思：「像朗德拉克那樣冷血無情的統帥，為何會在關鍵性的一刻回來救小孩？不管如何保住統帥才有再贏的希望啊？他內心到底在想什麼？我知道了，這是一個良知的戰場，不是武力的戰場，就這點而言，我們輸了，他贏了！」

高凡跟朗德拉克長得一樣高大，他披著那作為統帥標誌的披風到地牢裡看朗德拉克，叔公看到他把他痛罵一頓說：「……你們這些新人，你們這些野蠻人，你們不要貴族與騎士，你們將不會有在決戰前向敵人鞠躬的真正武士，你們永遠不知什麼是忠誠與犧牲……」高凡把他的披風解下來，披在朗德拉克的身上說：「你走吧！」朗德拉克毫不遲疑地走了，因為他們的身材一樣，守衛居然沒有發覺。

第二天要行刑時，發現自己的統帥關在裡面，馬上召開緊集會議，有人主張放走主帥應處死刑，有人尊重統帥的決定，相信他的為人，這時投票結果就是一比一，他們對西摩達因說：「你是軍師，你可投一票。」西投的是主張處死高凡。

那天晚上，西摩達因到牢裡看高凡，高正在睡覺，表情很安詳，嘴邊還有一朵微笑，沒有人比西摩達因更愛高凡，他是他靈魂的孩子，忍不住在他的額頭上吻一下，這時高凡醒了，說：「我夢見死神吻我的臉。」西摩達因責罵他：「多少年來我是怎麼教你的，你竟不能審時度勢，明辨是非，現在你就要死了，趕快向我認錯，向上帝認罪，我將為你作最後的禱告。」高凡說：「我沒有作錯，無須認錯與認罪。」

第二天行刑時，有許多高凡的追隨者痛哭流涕，滿地打滾，當高凡處決時，西摩達因用手槍射穿自己的腦袋。

多麼有氣勢又精彩的小說，雨果寫這小說時參考引用許多文獻與資料，然主要人物的設定是虛構的，後面的情節也是虛構的。令我們想到小說與歷史應如何交揉，比例如何？我認為一般小說中的真實（歷史），只要有一兩成足夠了，如果是歷史小說，約占五成，歷史小說家高陽的歷史比例有時太高，較好的《紅頂商人》、《少年遊》，算是比較剛好的，井上靖的《敦煌》、《樓蘭》，史實一半虛構一半是最剛好；而大多的歷史劇與歷史小說歷史的比例又太少了。

小說與哲學

小說與哲學的關係很微妙，小說家雖非哲學家，寫小說目的都為展現自己的人生觀或價值觀，有更大雄心的都為展現啟示人心的思想，就算再膚淺的小說，都是藉小說想講幾句話，有些小說家把小說寫成哲學論文，如米蘭昆德拉的《生命中不可承受之輕》，第一章談尼采的永劫回歸，是小說的主題思想，像是一篇哲學散文。米蘭昆德拉在其《小說理論》中提及小說的終結反論：哲學的召喚、時間的召喚、遊戲的召喚、夢的召喚。當大家拚命喊小說已死，找回這四樣東西，也許可讓小說再生。然而哲學與小說有何關係？

哲學討論的是萬事萬物的普遍原則，它不談特例，小說卻是藉由特例或特殊的人來表現萬事萬物的普遍原理，他或許特別美麗或特別醜陋，或許特別勇敢或特別懦弱，但作者藉由他們討論什麼是真愛，什麼是美、什麼是理想……這是好的小說常能發人深省，啟示人心的原因。只是現代小說不談哲學久矣，現代哲學氣已虛散，現代的娛樂與流行文化鋪天蓋地，及時行樂，文學的哲學也很虛散，少數有哲思的作品如赫拉巴爾的《過於喧囂的孤獨》，那個垃圾打包人，將垃圾化為藝術品，他提出「鑽石孔眼」，能在平凡的事物化為珍奇，或者化腐朽為神奇。現代小說家或者沒什麼要說，但總有思想的背景傳達，如愛麗絲孟若講小人物的小事件，卻是他最致命的一刻：石黑一雄談無國界的集體孤獨與遺忘；瑞蒙卡佛談日常生活的無聊與荒誕；艾可喜歡黑歷史，在國族中顯露醜陋的自私……，這些與那些，讓我們在讀小說時，深有所思。

總結小說的本質，是故事、歷史與哲學的交集，不交集的部分就是小說自身的特質，小說有其本質，也有其特質。

延伸閱讀：

1. 米蘭昆德拉《小說理論》
2. 赫拉巴爾《過於喧囂的孤獨》

四、小說的基型

小說的兩個基型

雖然小說的種類很多，它的基本類型只有兩個：長篇與短篇。中篇與極短篇還未理論化，還不能稱為真正的類型。一個類型要成立，首先是大量出現，然後是大家輩出，再來是理論化。小說雖有長短之分，然不能以字數論斷，最短的小說只有幾十字，是講一隻大魚游近小魚，說：「我要把你吃掉！」小魚說：「那不公平。」大魚還是把小魚吃掉了，因此不能以字數為準。小說的類型還是應該以它的藝術特徵來討論。

小說由聽的小說演變為寫定的小說，剛開始是短故事的連綴，連起來成長的連續故事，但那不是真的長篇，長篇必須有意識地寫一個較大型的作品，如《唐吉訶德》或《水滸傳》，都是英雄傳奇，它們出現的時間也相近，十五、十六世紀，之後是長篇的盛世，一直到十九世紀末，在「美唐之夜」，是長篇與短篇的分水嶺，左拉當時為文壇霸主，在巴黎郊外有個別墅，每週都宴請文壇知名作家來吃晚宴，有天左拉正慶祝《娜娜》出版後的成功，這時來了一個無名小子叫莫泊桑，他三十出頭歲了，以前喜歡寫些詩與劇本，後來因舅舅的關係拜福樓拜為師，福氏教他兩件事，第一件是到街上坐在路邊咖啡屋看人，莫泊桑看了一天，回來後老師問他有何心得，他說：「有，我發現沒有人是長得一樣的。」這是觀察力的養成。通常我們不太看人，看人也不認真，所有人看來都差不多，如果細心觀察，所謂觀察是從頭到腳不放過細節，如此你會發現再普通的人都有特點，如頭髮特別厚，耳朵特別高，鼻子特別塌，肩膀斜一邊，走路有點拖，或外八，內八，臉上有顆大痣或手臂有個疤。福氏還教他一字法，一種事物一種感受一種樣態只有一個字詞能夠形容，你必需把它找出來、這就是「一字法」，講究精確。莫泊桑經過大師的傳授，正等待一展身手。

飯後大家泛舟塞納河上，這時有人提議：「我們都是寫小說的，來講故事比賽吧！但要以普法戰爭為背景。」大家都同意並開始思索，左拉說我先講，故事非常精彩，大家說：「把它寫下來！」左拉說：「是已寫下來的故事。」這篇小說就是《磨坊之役》，莫泊桑講的是《脂肪球》，後來那夜的故事寫下來收成短篇小說集叫《美唐夜譚》，開啟短篇時代的來臨。

莫泊桑的《脂肪球》，描寫普法戰爭爆發後，許多人要逃出巴黎，一輛馬車停在路邊，裡面已坐九個人，還在等最後一個人，坐在最裡面的是公爵夫婦，第二對是參議員夫婦，第三對是暴發戶夫婦，第四對是老修女與小修女，莫泊桑描寫老修女「臉上坑坑疤疤，像被一排霰彈掃射過」，描寫小修女「手中撫著念珠喃喃自語，好像在為她那瘦小的胸部感到抱歉」，每個人都是三兩句就打死，第九個是共和黨員，莫泊桑描寫他「滿臉大鬍子像啤酒泡，他的人生是用酒、女人、革命構成的」。這時最後一個胖女人在雪地中奔跑，胖得像個球，走路都有點困難，手上還提籃食物，胖子果然有胖子的思維。她一上馬車，車子開動，車上的氣氛很奇怪，大家都不想理脂肪球，從她的打扮就知是歡場女子。到中午吃飯時刻，脂肪球開始大吃大喝，乳酪、烤雞、麵包、酒……香噴噴的，大家更痛恨她，為什麼只有她想到帶吃的？脂肪球吃到一半，看到大家都沒東西吃就說：「你們都沒東西吃嗎？我帶很多，一起吃吧！」最先吃的是共和黨員，再來是老修女、小修女，暴發戶夫婦遲疑了一下也吃了，公爵夫婦年老挨不住餓也吃了，參議員夫婦不願吃，但參議員見大家都吃，肚子實在太餓也就吃了，只有參議員夫人死不肯吃，她覺得自己的身分高貴，又是良家婦女，怎能吃妓女的東西，她因鄙視而氣壞了，以致昏倒，老修女看了看她說：「喔，她只不過是餓壞了。」餵了她一點食物，馬上甦醒，既然吃了乾脆就吃個飽。吃人嘴軟，就開始聊天，問她為何要逃出巴黎，她說普魯士軍人進了城，像野獸似地燒殺淫掠，她雖是妓女也有愛國心，不願與敵人共枕，大家讚美她做得正確，馬車上的人彷彿解凍，氣氛變得融洽。

車到一旅店住宿，這裡是普軍占領區，晚上有許多男人敲脂肪球的門，吵鬧聲很驚人，隔天他們的馬車不能走了，原來是普魯士軍官求歡被拒，整車人禁止通行，剛開始大家都稱讚脂肪球做得對，時間久了，一些冷潮熱諷的聲音就出來了「多做一次跟少做一次有什麼差別嗎？」、「既是妓女還裝什麼貞潔。」脂肪球假裝沒聽見，每天都去教堂祈禱。他們派白髮蒼蒼公爵去說服她，公爵以祖父的口吻勸她：「孩子，我知道你的堅持，但我們都是有身分的人，時間對我們就是金錢，你就發發慈心，幫幫我們一次。我年紀大了，吃不得這樣的苦。」脂肪球說；「這些我都懂，我也很想幫助你們，所以才天天去教堂禱告，但我不能違背在天主前的誓言，絕不能與敵人共枕。」公爵說服不了，大家派老修女去，她在脂肪球面前一直低著頭，說：「你讀過聖經的第幾章第幾節嗎？說一個妓女為了救她的國家與人民獻出她的身體。」脂肪球說：「聖經我讀得很熟，沒讀到這個啊？」老修女說：「有，有這章。」脂肪球聽完忽然明白了，她流下眼淚，當天晚上就與普魯士軍人上床。

馬車終於可以通行，大家都上了車，這次大家學乖了，都準備了食物，座位還是一樣，情況跟開始一樣，脂肪球遲到，大家都在等她，馬車要走了，她才趕到，衣裝不整，什麼都來不及帶，到了吃飯的時分，大家吃香喝辣，沒有人願拿東西給脂肪球吃，她跟敵人共枕，更加可鄙。馬車的車輪響著，伴隨著的是脂肪球的啜泣聲，與共和黨人的歌聲，他低聲唱著〈馬賽曲〉。

這篇小說翻譯過來約兩三萬字，在那時是短小的，但它的格局不小，有戰爭為背景，馬車這個交通工具是個運動中的空間，它可說是社會的縮影，莫泊桑筆下的人物生動，情節巧妙，還帶著濃濃的諷刺性，他一輩子寫了許多這樣的短篇，因此被稱為「短篇小說之王」。

短篇小說的魔技戰場

以下舉當代幾篇輕鬆好看的小說，要說短篇是小說是現下不被疼愛的么女，應該特別關注，雖說有《短篇小說》的出刊推動，跟長篇的地位還是無法相比，一般都以能寫長篇才是大家為衡量，長篇也賣得比短篇好。

我也愛看短篇，好的短篇像當頭棒喝，一下子敲開現實，然後再一棒把你打昏，在暈眩中不想醒來；長篇有延展性與閒適感，涓涓細流，長篇寫壞全毀，風險很大，短篇寫壞還有其他篇，只要有幾篇好就算達陣。

劉梓潔《親愛的小孩》中的同名小說與〈日曆〉，成英姝《惡魔的習藝》中的同名小說、〈不可靠的見證者〉、〈穆桂英〉，丁允恭《擺》的〈第二音節〉、

〈陳小萍〉、〈主日〉、〈一九九五年的白色夏天〉都是擲地有聲的作品，然他們的定位不太相同，劉還有散文的影子，寫的人物是小寫的我，必須說散文跨小說最難的是疏離性，跟詩類似，然此疏離非語言的陌生化，是作者的陌生化，跟散文強調的透明度大不同，透明度過高的小說會稀薄化，小說家身上必需存在一個異己，是大寫的我，它或許是惡魔或許是白天鵝分化的黑天鵝，就這點來說她的作品離標準小說還有點距離，有些像是電影的分場或分鏡，易讀是她的優點也是缺點，情節與人物都薄薄的，底氣還不太足，然而她的點都能觸到爽處，語言是她的亮點，像會出聲的大珠小珠，掉在恰好的位置，「三八雞」發出的浪語與瘋話真絕，這是誰都想要的鮮活文字；成英姝是少有將魔幻、類型結合得恰到好處的小說老手，她雖是五年級靠六年級，感覺上較接近四年級，是張大春與黃凡的合體，性別流動更自由，她的虛構技藝已熟極而流，實在沒必要跨類型（不那麼好看，寫不過真類型）；丁允恭六年級看來像五年級，學運、社運、電影，政治與狂熱的情慾交織，尤其是〈憂鬱貝蒂〉的再現，令我們想到野百合運動及其後的世代，如何走過世紀末來到世紀初，革命也許不那麼革命，野百合變成鮪魚肚，小劇場與電影瘋魔的世代，他們的生活失了魂，語言缺損，只有狂熱的情慾盲目地噴發，是的，是他們這個世代將情慾引爆，摧枯拉朽並燒盡生命，太嚴肅也太緊繃了，欠缺幽默感，所以才有其後世代的情色搞笑，並把需要挑得很明白，他們不壓抑，不管為性而性或為生殖而性，跟吃飯穿衣沒兩樣，還可以打分數標星星，這樣的解放雖是健康的，對寫作者來說可能是個惡夢；當一切的神聖與神祕被瓦解，文學的鄉愁與憂鬱已然遠去，我們只剩殘缺的記憶，記憶不斷繁衍成為破碎的原鄉與肉體，要勇敢面對這些實難，只有在成、丁的小說中看到他們微睜一隻眼睛在凝視，一隻眼睛則在作夢，現在的氣氛有點八零年代的氣息，學生又回到街頭上，這一次他們是蒙面俠與新鄉民的結合，一種快爆炸的前兆，他們又開始讀俄國小說，就這點丁允恭的作品可謂適時出現。

對於新世紀小說的期待，我抱持著跟米蘭昆德拉一樣的想法，尊重自己切身的文化與歷史，文學中心由西往東移，由北直下到南方，如奈波爾與魯西迪的小說是「小說的熱帶化處理」，也可說是「一種放縱的文化」的表現，「放縱」確實是現下社會與文學的重點，然而放縱只是外在，其內在可能是「空無一物」，被放縱耗竭的熱情，抓到什麼就是什麼，這時重新找回創造的靈光，才是當務之急。

屬於劉梓潔的放縱是將性作為工具性處理，這裡〈親愛的小孩〉作為新女性的救贖，是否過度簡化女性議題？屬於成英姝的放縱是任意地跨界，讓最寶貴的想像力無法聚焦；屬於丁允恭的放縱，是性與政治的脫軌演出，有時變成小說的失序，而走向荒野般的邊緣之處。

綜覽三家，如讀近三十年小說演變，成冷辣扭曲如黑天鵝，承接的小說傳統是足以被期待的小說家，寫小說不也如惡魔之習藝？而劉如大地之母，統管生育與生活，丁允恭的政治與情慾的辯證極有可為，然引起我注意的是他們的語言變得爽利而富於動感，渙散的思想，影像化的語言與畫面，更能貼近現代，只是短篇集已夠參差不齊，那些個極短篇與小小說還是另外處理好些。讓短篇的集中效果與藝術被看見！

短故事試寫：

流浪漢與行李拖

周芬伶

他進入咖啡廳時，我忍不住多看幾眼，不，應該說一直觀察他，是他有異於遊民嗎？或者說遊民進咖啡廳就該受注目？應該說他比較像扮演遊民的演員，有點失真，年紀七十以上總有，一頭白髮很有型，沒禿頭沒髒亂糾結飛蓬，高大的個子依然挺拔（這年紀該有的駝背竟沒有），身上一襲滿是縫補露出白線的黑色風衣，腳上黑皮鞋不太舊，也沒有髒污，手上拿著行李拖箱有些綻開，拖桿也沒了，在他的縫補中，內容物並沒露出，塑膠袋依然是有的，只是小袋全裝進大袋中，因而顯現他的條理清楚，這些應該是他的全部家當。他點了一杯小杯的紅茶，然後走到後門讀上面的告示，上面說明這裡進去有廁所。這是個森林遊樂區，他大可找到林密荒野處解決，遊民當久自尊應會降低，而他為了上廁所買了杯飲料，實在超乎尋常。

幾乎難以察覺，他看了我一眼，我一直在看他，我們眼神交會有兩三次，也有可能是錯覺，因為他一直低著頭不敢看人，只是一股倔強氣讓他無畏他人注視。

猜想他以前的職業與遭遇，他不像是被拋棄的老人，比較像事業失敗的公司老闆，或者知識份子，也許是軍人中階，才有那樣的高自尊，想像他年輕時長得很帥，很有女人緣，一再結婚與離婚，終於沒有一個家願養他，脾氣可能暴躁得很，常動手打人，或許有兒女，但都逃走了，他也不願回去。

流浪的時間應該不會太久，還保留一般人的習性，如搭配服裝、拿行李拖車，進咖啡廳找廁所這些小節，這讓我對他更好奇，想著再過二十年我會不會跟他一樣，像我這樣六親無緣的中年男子，剛離婚，沒小孩，沒房子，沒存款的月光族，每個工作都做不到一年，做一年休半年，錢花光再找工作，哪一天被炒魷魚，頂多撐個一年花完離職金，就繳不出房租與車貸，再找工作也是困難，過幾年就五十了，一直到沒人要你，只能找保全或當志工。保全與志工當不了，又住不起養老院，那只有當遊民了。

當遊民應該大部分被迫，很小的部分是主動，常有媒體報導，大學教授、科技人員選擇當遊民的；十幾年前去日本，上野公園到處是大紙箱住著遊民，座椅上睡的都是流浪漢，經濟蕭條之後，那些遊民男女老少都有，大抵人活到怎麼賺也賺不到錢，生活慾望越降越低，生活費低到幾百元就能過一個月，那就是正常人與遊民的分水嶺，如果再有些病痛或憂鬱、躁鬱症，那最後的一線會被擊潰，直到走到街上，睡在房子外面。

或者像我這種有邊緣人性格的，更容易走到街上去，這之所以，我見到那流浪漢，特別有感。

聽說父親當了好幾年保全，因脾氣太壞被開除了，那已是十幾年前的事，對父親的印象很模糊，小時候他來學校看過幾次，我都躲起來，他再婚，母親還心懷怨恨，說他是拋家棄子無血無淚的男人，要我不要理他，只有遠遠地看過他的身影，一個令人記不住的男人，咆哮著被校警架走，這實在太丟臉，於是一直將他排除在記憶之外。

前幾年，他一直輾轉託人找我，母親剛過世，阻礙沒了，他就想撲上來，門都沒有。一直到醫生診斷出我肺腺癌初期，想見父親一面的慾望越來越強烈，於是就約今天下午在這咖啡店見面。前幾天就開始緊張，今天提早幾個鐘頭來，一來是沒事，二來是調整心緒。

我與父親三十多年沒聯繫了，上了中學他再也不來找，剛開始有點落寞，後來看好久的心理醫生，好像也沒什麼作用。我對愛沒安全感，脾氣又壞，交女朋友倒是沒什麼困難，只有分手時，痛苦不堪才會想到父親，那些女人最後說的這句話最傷我：「你常罵你父親是渣男，你們應該一個樣子！」

花言巧語、花心、不負責任、只敢欺侮女人、用女人的錢、有錢自己花、不想生孩子、生了也不養……這些缺點我都有那麼一點，但大家不是說男人不壞女人不愛嗎？愛我的女人多到數不清，每一段感情都發展太快，太快開始，太快結束，而且是濫尾，醫生說這是害怕建立親密關係的心理防衛機制。

那個流浪漢交給服務生一張紙條就走了，感覺他永遠不會再走進這家店。離約定時間還有一個小時。還好不是，好險，有幾度我有錯覺，也許那是父親。

一個小時過了，父親沒有出現，又等了半小時，我想他不會來了，起身準備要走，服務生遞給我一張紙條，還有那個行李箱，紙很皺，想必是臨時起意，上面寫著：

我兒（如果可以讓我叫一聲）：

為父為見你一面，忐忑羞愧許久，特地提早前來此等候，沒想到你來得比我更早，這也是一種父子連心嗎？我想你已不敢認我，或者你已認出我卻假裝不認識，人生至此，沒什麼好計較的。只想見你一面，我肺腺癌已至末期，只是早年軍中操練，身子骨還可硬撐。雖然不能相認，但我心願已了。這一生對你無盡感謝與虧欠，對不起……。

打開行李箱，都是老舊的小孩玩具：汽車、火車、機器人、玩具槍、寶劍……上面分別貼著，三歲、四歲、五歲、六歲、七歲……。

作品欣賞：

大王具足蟲之夢

黃家祥

四周嗡嗡轟轟，熱鬧吵雜。

那是一處極像那些觀光景點販賣各式古玩、酒釀或特產的大集市，他是在攤販後堆笑叫賣邀請客人試吃的售貨員。他將手上密封袋中的蝦酥插上一根根的竹製牙籤，堆上試吃盤招攬客人。來自各方的觀光客遠近錯落，有那他聽來熟悉的閩南語，亦有宛如鳥語般碎亮的日本話，某些中國省分的方言鄉音，還有一些可能是斯拉夫語系的陌生嗓音。他勤奮地遞出一塊塊炸得油香酥脆的蝦酥，絲毫沒有注意到盤中的狀況。他會注意到，全然是那些走經他的攤販前的日本女孩失聲訝然的語調，即便他並不熟諳日語，也知道他手中盛盤中的物事似乎不太對勁。他往下一看，一種直覺的、生理性的不快竄上他的膚髮感官。那原本般紅被裹覆在淡金色炸粉的靜態之物，竟而被一隻隻交疊攀附在彼此身上的粉紫色蟲類所取代。這些蟲類掙扎著體軀，在同類身上滑落、爭擠，密密麻麻的節肢，以及牠們跌落後，或蜷身或舒展所顯現的腹部鱗片（和其上的腹足），還有那背部有如騎士鎧甲般的片狀鈣質外骨，進化成顎足以供吞食的第一關節肢、兩對昂立探嗅般的觸鬚……

他驚叫一聲，將手上的盤子打翻在地，那些蟲子天女散花，一隻隻結附在他的衣領、袖口，攤桌上待售的密封包、試吃盤，勾掛在他的眉睫、眼皮、耳垂、唇瓣上……

那一片模擬深海的螢幕保護程式無由地大亮，從夢境中驚醒。他弄不清這兩者的因果次序。大開的網頁是臉書反覆更新旋復下洗的訊息之海。那些時如短箋、時如評議，又或是對著不特定的戀人、對象，夾纏不清的，曖昧抱怨的訊息，宛若大小不一形貌各異的石子，妄圖以不同的姿態，滾落、砸彈、跌跳，進入那個虛擬之洋，以引起一陣一陣可能的，或大或小的留言反饋之漣漪。他並無興致回覆，只是一逕百無聊賴地按讚表示已閱。

他剛結束一段為期近四年的戀情。頭兩年他們親密膠漆，臉書上盡是被朋友笑罵放閃放太大了吧的臉貼臉恩愛照，但不知怎地，那種時刻相依的熱情被沖淡，像是他們倆在濱海公路無憂地覽看景致，卻突然遭遇了一個秒數過長的紅燈，他們的感情便如燃燒的機車引擎自最後有氣無力、慢慢掙扎迭抽的怠速狀態中漸趨熄火，難以再次發動。終於在一天她說了那句積鬱兩人心中已久的話，他點了點頭答應。

那一段時間，他感覺自己像是某艘沉墜多年的船隻骸架，被棄置在暗昧的深海底部。那時的日子已非如潮浪沖刷疊覆在身上那般清晰可感了。他像個遲鈍且敗損的不完全體，重聽，蒙翳，斜插在深海底，成為一種空間的風景。時間的流速開始變慢，他無法再確切感知日常海面的陽光映射下，亮燦粼粼的銀色水滴，或是凍寒的雲雨灰濛濛的視界中的任何改變，一切只在他眼耳隔膜之外慢慢流逝。他變得恆常淺眠，有時甚至失眠。

暈眩。像是去年他與一群同窗好友在暑假前往那個離島浮潛時，灼熱的陽光蒸曝，浮晃於那來回不止被一陣一陣突來的浪勢施力拉扯的不適感。有那麼一瞬，室內的光亦彷彿流轉的霓燈，只是它並未散放、環轉如廟神慶典中的花車或是繁幻靡麗的都市那種彩度繽紛的色階，唯只輕輕洩入靜脈般的青藍色，像是深海魚類無想像力的，僵滯的夢境。然後，霎時便陷入淡淡的冥藍……

驀然，一則則短小的詞句竄入他眼中，有股冷意自他略為躺坐的髖椎之處觳觫升起，使他微微正身。臉書將近期短時間內突增的，對同一人的留言整理成一小框格，讓人便於一眼在這流徙迅速的訊息小行星帶中辨識出來。

但說是突增，其實也就是零星的五、六則宛然如羽，緩緩懸降於湖面，「一路好走喔」、「我會記得妳的，小燕」、「我會好想好想妳」……那樣的，輕柔憂傷的悼惜。

藍色的淹漫，像是四周無數彩度的色環，開始高速旋轉，如渦輪槳葉，最後竟然難分動靜地將空間中的一切事物濡染，或者說，那已接近一種靜止，淡漫流緩的波影皆兜繞在同一塊狹窄空間的，水族箱的印象。那麼的不真，使人昏昏欲睡……

他已多年不曾想起這個妹妹了。他對這個表妹最後的印象，竟已是他在一家文理補習班打工輔導國中生時的記憶了。那甚至不是她。

那時，他獨自輔導那個羞靜的女孩，從國英數自然乃至社會全部包辦的輔導中，他有極長的時間與她相處，他指導她幾何圖形刁鑽的角度計算，國學常識那繁複奧麗的文化積澱，公民社會法律程序的循序推演，看著她的青春神力流轉在那百無聊賴的渙散注意力中，有股近乎撐展欲破，令他羞恥的性的衝動。他看著她長而光皙的頸，細瘦、浮凸著青蒼的藍的血管的手，還有那一雙藏收在長褲下，略微內八、膝蓋嶙峋的腳……憶想起他的表妹。

燠熱的夏日午後，使他彷彿重瞳般靈視、穿越而進入那愚騃的童少時期，那女孩鱗聚在小巧的鼻子上的汗珠，竟恍若被往日時光兀自明耀白熾的太陽照得閃閃爍爍的。

再往後退，即是早年那彷彿電視中廣告醬油或罐頭蔭瓜所特意描畫的家族諧和之光氛。親戚之間尚會彼此往來，大人擺好桌子，洗起清脆碎落的麻將，或是租來形如黑膠的雷射影碟看著孩子一點也不懂得的好萊塢動作片……其中一家的孩子生日時，父親與姨丈心血來潮，吹鼓一顆又一顆繽紛的彩色塑膠氣球，讓它們飛揚在整個客廳及與二樓相銜的樓梯處。孩子興奮得像是一隻隻不曉自制的幼犬們，尖嘩笑鬧地用腳猛力踩破氣球。像是比賽，孩子奮力地在大人尚未吹起另一個氣球前，便搶著踩落，無數氣球之煙花與爆破聲在整個空間內此起彼落。他漸而發現那場景幾乎可以慢慢地自〇・七五、〇・五、〇・二五的倍速降階般的調校：迴旋的風扇、吹脹氣球時撐紅的臉、懸空的小身子、湛澈眼瞳裡的折光、墨烏柔亮的髮瀑。抑或是想起，那在密室裡無邪又禁忌的遊戲……

不知道發生了什麼事，他陰鬱地想著。希望這一切只是他這段日子淆亂的生活以致的錯視，或是因著他蟄居太久，而對現實世界產生了某種歪斜、遮蔽，如霧蒙罩之下的景象。

然而隔日，他母親撥電，要他回去參加告別式。

深海底下，有著什麼呢？

深海底下，並不若人們所想像的死寂。並不只有深淵、黑色地獄、極暗世界可以形容的深海，在遠離那生命之火的透光帶底下，自成一個深海系統的生態圈，棲止著諸多面相迥異、顱顏枯槁的深海生物。如同已存在千年經驗了無法細數之洋流摧折的嶙峋怪岩，那麼像上帝在陸面捏塑剩下便把不要的泥土團塊隨手擲入海中的造物。

未知的地球澡盆，使他忍不住想探向那平原底層，看看低浮在上頭的生命。

在墨暗的天色下搭上晃蕩顛躓的列車，總使他錯覺處身海底。返鄉的他彷彿來回於淺海與深海間的魚種，淺海搖蕩的水波因光束竄下所造成的暈晃感，是他久久一次探吐海面換氣時的必然知覺。

於是，他待的那節車廂霎時微縮成深海球艙，他可以看見前一列與後一列車廂之間那過近而迫促的隔距，前後反光的透明玻璃因此像是他立在兩面不斷反身自映的鏡子前，沒有終止的無限反射下去：虛者站立在實者的前頭，實存又接著搶占虛擬之位，這節中介的車廂竟宛如脫軌自行的幽靈車列，不曾存在，自駛於兩個順序編號之車廂間（比如九又四分之三月臺？）的夾縫。

前往殯儀館的路上，他不斷想著那反身自映的鏡面。

「妹妹就是騎車騎至這個路口欲直行，卻被那轉進的機車給撞到的。」阿姨坐在副駕，手指向那偌大的十字路口留有可辨暗紅色澤的肇事之處。

清理過後，幾乎與尋常的路段都已無異了。

路程曠涼而寂寥，沿途他的母親與阿姨說起表妹如何輾轉在檳榔攤、麥當勞、泡沫紅茶店裡打工。外送途中，她停等紅燈的車才剛起步，便被後面另一臺機車攔腰撞上，肇事者昏迷送醫，而表妹當場死亡。

「請了道士招魂，但妹妹就像她生前的脾氣一樣倔，怎麼招就是不肯離開，還堅持著要帶那些無主的鬼一起走……」他別開臉試著不去注意阿姨的眼角閃爍濡濕的淚光，「她就是重朋友勝過家人。」

「待會就麻煩阿偉了，規定說父母不能送晚輩的。」阿姨回身過來看了看他。

「好。」他與舅舅的三胞胎同擠在休旅車的後座，年幼雛稚的孩子並不真懂得死亡為何物，他們一路上哼哼唱唱，拿起他的智慧型手機把玩，無聊時便開始與一旁的兄弟頑皮打鬧，沖淡了不少那留滯在車內，低抑的悲傷氛圍。

抵達的時候，他看見姨丈已在那兒接待前來上香的賓客，有表妹的同學、老師，甚至是打工處的老闆。殯儀館外空闊的場地有他識或不識的親戚，他母親走上前與那些親族寒暄問候。似乎成了某種家族的聚會。他的父親隨後載著舅舅、舅媽過來，他注意到舅媽懷中抱著的，與表弟年紀相較再稍小一些的孩子。

「念的還可以吧？」父親問起他的報告進度，他心虛地答說一切都在進行。

姨丈多皺而疲憊的面容，清癯的身軀令他大為震動，那個記憶中爽朗大笑、力強精壯的姨丈自過去抹除，眼前的竟已是初老的男子的形貌了。姨丈拍拍他的肩，交遞給他一炷新燃的線香。

桌邊放置的，除了紙錢、蓮花，都是活人揣想死者抵達地下的倒影冥府的時候，可能喜歡或必備的紙紮物事：透天屋宅，摩托車，筆記型電腦，新潮的iPad、iPhone，遊戲機……

他注視著表妹的遺照，敬拜起來。

那是成年的她，然而他的視覺卻無由地疊映上那個踩氣球的小妹妹。他在小時候極寶愛著的小妹妹。因為獨生，他並不如後來舅舅生下的三胞胎那樣幸運，擁有童年的玩伴，他會拉著她玩軌道四驅車、戰鬥陀螺或是那個年代人手一臺的怪獸對打機，那麼男孩子氣的東西。當然妹妹也會要他陪著玩扮家家酒，培樂多黏土，或是醫生護士包藥打針的遊戲（妹妹其實也愛跟他爭搶Gameboy掌上遊戲機，他不給，妹妹噘嘴不理他，好言相勸不行，要買餅乾糖果賄賂才言歸於好）……他眼前浮現起那張照片所沒有的，妹妹真心開懷地笑起來時，慢慢綻漾浮出的笑渦，那像是世界還在他們的口袋中，不曾掉落。

那約莫是畢業照吧，笑得有些僵直拘謹，嘴抿成一段不安的線條，頭髮剪成俐落的短髮，不若過去那襲流緞般的樣貌。之後，彷彿是為了不耽擱太長的時間，他以及那三個如毛蟲亂扭難以定立的弟弟，排站著，任由道士及僧眾帶著助念經咒。那整個下午他們皆在反覆迴旋的喃喃咒念中度過，原定需要三週方能超度完畢的時程，僅僅壓縮至一個午後的接力。弟弟們早因站得太久而一個個持香坐在一旁的塑膠連排椅上，只有他仍持立著。這段時間像是被扭曲地拉長，遠處焚燒金紙的氣味侵凌他易感的鼻子，線香氤氳模糊著他的視線。口鼻嗆然。他走神地想像著，表妹只是不小心殞落的天使，慢慢地沉降，像是天空之城的少女，巡弋海底，靜謐無音，周身有著稀微的，屬於上層海域的光，墜往巨大曠遠的深海，那裡魚群寥落地游梭。

到了近五點的時候，助念暫告一個段落，姨丈走了過來，問問大家是否餓了，弟弟們大喊好餓好餓。他看著姨丈瘦削、脈管幽藍地縱橫爬走的手臂與腿足遠離視線。

「媽，那個小孩是誰呀？」他問起阿姨從舅媽手中接過去抱起的孩子。

「你阿姨命苦，女兒出事，還要幫人帶小孩，」母親說，「阿姨最近兼差保母呀。」

「是哦。」

回來時，他看見姨丈吃力地抱起一大堆超商的麵包走過來，他趕忙衝去接住。

「因為不知道你們愛吃什麼，就把全部的麵包都買下來了。」姨丈不好意思地笑說。

那個時刻，他不知為何——比起之後的隔日，不能由長輩陪行送往焚化爐的出殯而獨留於殯儀館前，顫抖低啜的雙親——為這樣蹣跚走來語帶抱歉的姨丈而感到悲傷。

略略填飽肚子，便是儀式的最後。道士領著他以及搖頭晃腦的表弟們，繞往內室從冰櫃退出的遺體，一眾大人留在前頭。

表妹躺在棺槨中閉目凝妝。補綴的隳壞的臉容。殷紅的內襯。

他或者別開眼睛。或者沒有。他不記得了。

然而心下暗忖，他可曾見過她裹覆在紅色的壽被下看不出內裡已然碎折的軀體，裸潔一如某種青白色的靈動的海豚？

（有的。）

（那天他們玩了一個不知道由誰提議的遊戲。）

哪裡呢？

（唔……在三樓那時還不是自己房間，堆放老舊電視五金什物、父親一落一落的教學用書、壞損的家電之類拉哩拉雜的……）

儲物間。他們倆在那些堆擠疊放的雜物之間，赤裸地偎連在一起，一般白皙的童孩肌膚，在空間中描畫出無分彼此，溶洩成象牙色的液態水料。他的手輕輕慢慢地撫過表妹尚未發育的胸還有乾淨無毛的私處，也許有些冷，他們兩人皆微微顫抖著，表妹好奇地逗弄著他腿胯之間柔軟的陰莖。

（他覺得她像是破掉的瓷器，皸紋細裂。）

那對他們來說，更多地，是一種對大人的習仿，一個探索的遊戲。他們抱抱彼此，笨拙地親吻，像是鳥喙的碎啄。他覺得癢癢的，噗哧一聲笑了出來，表妹也跟著他無憂地大笑起來。陳年的灰塵，揚馳在他們看不見的暗暗的空間。

房門突然打開，原本浸潤在午後的日陽，因百葉窗下摺而顯暗的房間，被門外刺目的走廊燈揭亮。他們有好一陣子沒有來往遊戲。

「那麼年輕……」

「妹妹就是愛玩，著急欠思慮……」

「來送行的男朋友嘛嘸係頂擺彼個……」

一些聲音窸窣地退為耳語，不管是嘆息也好，不忍的怪責也罷，都與他無關了。

他其實判識不出眼前的人兒。

這便是深海了。他想。

明天出殯。

儲物間搬空清理之後，便作為他自小到大的房間。母親叫他早點睡，退出門外，亦早早睡了。

聆聽道士與法師念誦了一整天的經文，他雖未動嘴，卻也覺得異常疲憊。翻看臉書之後，他往後一躺，大字形地倒撲在眠床上，嗒然若失。

那晚如此頻夢。

有一些騷動的事物，像是水中流沙在魚經之後漫起如霧，默默地從他的無意識浮出……精靈鯊游曳過他的上方。

齒齙外翻的成排利牙、鼻吻突出像是說謊的小木偶，牠輕輕擦過他皮膚，循流遠去。這條醜陋的魚在此刻，竟讓他感到如此安心。深海水母群像是海域底層的繡球花、大王花、曼陀羅與牡丹，款擺怒放，牠們或拍擊或湧綻的柔軟的體軀，真如複瓣開展的花蕊。

又似是這座人類未能窮盡的內宇宙中，幽幽懸昇的神祕的幽浮呀。

一些醜惡的蠕蟲。瞎盲的底棲生物。懸誘著一盞盞夜燈的鮟鱇魚、華臍魚。

魚族，魚怪，魚龍。

遙遠又神祕。

無意識之神快手亂剪，影格與影格在他的快速動眼期間內，剪切、榫接成一部又一部光怪陸離的蒙太奇電影。他幾乎是從那氣壓傴迫、黯淡無光的深海一路被抽拔至地面陽光普照的草地。夢裡繁華錦簇。

它決定將場景設置在他深愛的往昔母校那段長距的斜坡大道，席開百桌。大宴。不知道是誰的婚禮，或是家族、宗親枝繁葉茂的返潮溯源。那一路從坡頂圖書館經過鐘樓擺向平坦柏油路的華宴，人群雜沓，他在現實生活中的朋友同學甚至老師全被擬置成他宏偉家世的一份子。然而近親的臉孔依然，不曾調換。

那令他如此感傷的原因在於，那幅畫面之間所框限的時光，乃是命運神祇尚未伸出手指撥轉人世鐘面前，那段猶仍濛煥光暈、金黃腴軟的日子。他看見彼時仍身形拔挑的二姨丈，笑顏逐開地跟母親聊天，看見姑丈站在奶奶身旁舉杯敬酒，表妹在跟年幼的表弟們玩鬧，杯觥交錯，粉彩流金。沒有誰與誰交惡，沒有誰離婚，沒有對照現實葉落枝枯的家族譜系。沒有人死亡……

後來他便站在那有著垂死夕陽的港畔了。

船錨與伸延出去，被水流推晃的路道發出一種清脆好聽的，像風息吹過鈴鐺的叮呤聲。

水波擴漪的靜物畫。

他不記得那些錯序嫁接，要待醒來後才覺得突兀的細節。他只記得他與他的母親自港邊沿壁而建的Z型梯階往下抵達一個岔分出去的平臺。

已是黃昏時分，但那整片近海卻不因此橘紅黯淡，反而呈顯一整片豔異的紫紅。空氣中有著海潮、魚腥以及醃漬物甜膩的味道，他與母親看見，在搖曳的浪花之間成排編束在一起的竟然是一捆又一捆色彩斑斕的魷魚群，在那可能的縫隙之間，還有無數翻跳的各種不知名的魚，好像那整個貼陸圈養的區塊，是一座無限放大的醃漬醬缸……

他就這樣與母親並立而視，看著那奇異的海面直至醒來。

黑暗中有著藍色光條幽幽漣動。這不是他應該醒來的時間。那些藍色幻彩，有如水族箱打照的螢燈，是未關機的電腦、網路路由器、外接硬碟、液晶電視的光點和音響螢光所造成的漫漶的錯覺。

他突然想起那些夢境，像是離指之瞬，鋼琴的顫音。奇異怪兀地，與現實生活的事件押了詭異的韻部。

有一些暗示性的，令他不解的什麼，輕輕搔刮著他的腦殼……

移動滑鼠，黑色的螢幕亮了起來，他看著那些，閃爍跳動在藍框裡，不著邊際、來不及回應就懸擱掉落的對話。點開訊息匣的話框，都是近日朋友打打嘴砲挖苦、抱怨研究所人事的揶揄及自嘲。他往右一按，被臉書屏隔為「其他」的訊息浮出，好多個要他在家躺著賺、申借低息車貸和好久不見了同學想跟你談談人生規劃……的垃圾訊息，然而在這些彷彿海面油汙的訊息之間，有一個個微弱的呼息，悄悄地散布其中。吳欣燕的名字底下，他彷彿看見那時間暫止之下妹妹一個個凝稠封凍的表情，無音聲的控訴。

（最近好煩噢，媽一直叫我考高中，但我又不愛念書，一直管東管西，我偷偷跟你說歐，我交男朋友她都不知道……）

（又來了，一直叫我做事情，限制我晚上出門，很無聊耶……）

（欸哥，我去臺中找你好不好，很久沒見了……）

（你會不會覺得我很煩啊，都找你抱怨事情……）

（你應該很忙的，媽說你念書壓力很大……）

（……）

他沒有回覆的話。

他們何以漸行漸遠呢？那可能在某種程度上，是令人難以阻止的必然嗎？國三之後，老師每每以人生無望為第一志願的後路，隱隱相脅，主科跑班上課，考前能力分班。到了高中，好像鬆綻的螺絲，沒有人告訴他下一步了，他的成績時好時壞，他自知不是念理組的料，一度想填考中文系，但這次另一個老師又再次叫他到辦公室，暗示此行「撿角」的可能，後來不知怎地，陰錯陽差上了法律系，也就這麼念下去了……我們總是在別人的生命裡半途失蹤，他心想。有些人努力地穿撥霧氣若隱若現，一些人跌入叢草之間，頭髮黏著枯葉與鬼針草，狼狽地爬出來……

那隨著成長而悉數留置身後的記憶，似如滾入床底的彈珠、黏滿灰塵的絨毛布偶、缺角的積木。有時候一忘就是一輩子。他連自己這幾年倉促度過的日子都彷彿低照明的暗夜行路，不甚清楚，更遑論那指岔分延出去的另一段人生。

許多年後，那多股歧路的線頭，才又重新交錯在一起。

睡不著，卡在這凌晨時分的狀態，十足尷尬。距離開始還要很久。時間靜靜地溢在四周，消耗不完。他收聽夜鷹整夜的啼鳴直至天明。

隔日清晨匆促盥洗嚥下早餐後，母親和他要先到高鐵車站，順道接載隻身回鄉的小阿姨。

阿姨一上車就和母親叨叨絮絮。一些細節性的問題，辦理的瑣事，乃至話題暈開渲散的最近的生活與事業……小阿姨將信將疑地聽著母親描述招魂的經過，她回身問他信不信，他遲疑地回答應該吧。

話題也終於開始繞著他打轉。

到了之後，據說大阿姨仍為了招魂的事心神不寧。

表妹仍拉著她在那處路口新結交的友伴不走。

那給了他一種極為異樣的，表妹同時既巨大立體又扁平弱小的印象。身在此魂在彼，變形分離的狀態。垂視著自己壞損的面容，無淚悲楚。走，不能不走。

魂兮歸來。

我們失卻了同一個能完整溝通的語言參照體系，活在陌異次元但是重疊的世界，他想著。退行的意識與變形的手鰭。你只能吐泌那海上之人無能透徹的空氣的囊泡，固執地哀望。然而當它一觸及翻騰浪沫的洶湧海面時，啪的一聲破了，我們只能聽見恐怖的尖嘯或者死寂的沉默而已⋯⋯

他以為死亡只是屬於生者的事。

忙了一早上，時辰近，天空的雲綰攪成一件厚重的棉被，又彷若海一般大理石的渦旋的紋路。昨日未能上香的人，陸續前來。他遠遠聽見小阿姨抓著母親到一旁問為什麼多帶了一個孩子，他想起昨天他也有相同的疑問。僧道與殯葬人員繼續趕著進度。然後下起了雨。

細細密密的小雨。夾竄在香霧與灰白的金紙之間，點踏在眾人的頭上。一些賓客打起傘來。他平舉著手，讓細絲在他的掌紋中匯聚成河。

所有事物皆被那傍晚的霪雨刷褪成一個微弱的夢。

欠眠的昨夜讓他昏睏，搖晃著身軀。插立的香束之煙，竟像是卡通動畫中擁有自覺意識，蛇一般溜竄不懷好意要鑽入某人的鼻內的固態活物。

他亦彷彿感覺自己正做著一個，一個⋯⋯

（清醒夢）

魚從厚厚的雲層游出，穿過如針狀播散的豎琴海綿，暴凸的下頜歙合著透明晶瑩的牙齒。鵜鶘鰻這時就像是牠的兄弟了，寬大的，不成比例的嘴，一路裂至顎緣，鞭尾緩慢地擺動，末梢墜亮著一點星芒。

他看著現下換到大阿姨手中，那一張樸白、穉幼的小臉蛋。那些生物看起來一隻比一隻還凶猛，在深海喪失一些感官的同時，面臨衰弱的視覺，或是像後肛魚那透明可以直視的頭顱的怪異造型，卻又予人巨大又立體的深刻形象。

然後他聽見母親說起表妹離行之刻，向著阿姨與姨丈對不起對不起的哀告。「伊猶是囝仔呀……」母親有些嘆息的口氣。所以還是離開了。

出殯前夕，表妹的雙親相擁而泣。二阿姨婉拒了瞻看死者的遺容。他亦寧願記憶她如同日昨的尾聲之夢，終焉之夢。（真的是最後一個？）黑暗的深海，卻因為一個白色的身軀而夢幻明燦。是旋轉也是格放的奇特景象。每一次都是全新不曾重複的樣貌。

每一瞬間都在改變、綻溶、疊構的身體。一個毫無頓暫，每一刻都在追加都在重新排列的白色輪廓。有點類似那個網路盛傳，依稀可以測知左右腦之發達的旋轉舞女的反白版本。

她像是一朵瑩白色的海芋花，雙臂疊放，一隻腿亦如此靜靜棲止在另一隻腿上，捲擁著自己。她周身那些幼白、孱弱，甲殼仍如初生之犢那樣脆薄、又宛似仍可輕輕扳拗的膠質盤皿，原應散發淡紫色的幼體們，此刻折映出炫熾的白光，不斷螺旋上泳，環繞、翼護著她。

那是等足目俗稱大王具足蟲的群集。

眾家屬圍立在棺木的四周，那紅色布被亦已拉上。

「封釘講好話，我若問汝，汝就應『有哦！』」

「……一點東方甲乙木，子孫代代享福祿，有否？」

「二點南方……」

身形壯碩的大漢要他們吆喝那像是祈願又像是某種補償性的讖語的祝誦。

「……子孫代代出狀元，有否？……」

封釘的儀式。

紋印著電藍色圈環的觸手勾連在棺木的內緣，劇毒的藍環章魚此時往下掉落，移行爬動，大如巨腦的傳奇深海水母隨著封棺的動作，顫動著牠鼓脹的頻率。抖索一如心跳。封釘官闔上棺蓋。

大批大批的大王具足蟲攀結棺蓋的邊沿，被送上靈車。往火葬場的路程不長，只是一個短暫的坡地。他捧著遺照，弟弟們在後頭顫巍巍地舉著旗子隨行，亦步亦趨地走至入口。棺木從車上卸下，繼續往內走，他注意地上有導向各個地點的線條，像是捷運不同路線的站點。祭拜室、家屬休息區、撿骨室與火化室。他們到達鋼板閉合的爐口。

棺木架起，送入爐內。

旺燃的火焰，他看不見。

步出火葬場，雨絲依舊輕盈地飄落。母親將手搭在他的肩上，大阿姨抱著那孩子對他說辛苦了。潔白的海芋花。漂浮深海的少女，還有她豢養的雛蟲。

孩子可愛的酣睡面容，拳握的小手搭在阿姨的肩頭。表弟們開始詢問可以吃東西了嗎，舅舅推了他們的頭笑罵整天只想著吃，他們又四散地跑開。

下坡地用鐵絲網圈起的金紙焚化區，煙柱上燻。

他尋找著嬰孩眉宇中近似的特徵。

冥紙燼餘如柔絮的殘屑，開始翻飛在青白色的天空，彷彿玻璃雪球被搖晃而依次飄落的城市雪景。

那使他想起，他夢裡的那塊幽漆的深海，仍舊可以，看到從那被太陽寵幸的透光帶，慢慢旋落，宛如天使折翅之後漸漸飄下的羽毛，由有機物叢聚而成，以供深海魚族飽食與存活的海洋雪。

中篇小說

中篇雖然跟極短篇一樣還未理論化，然如果短篇是描寫一人一事為主，長篇描寫多人一事為主，中篇能掌握一人多事與多人一事的題材。有些我們認為是短篇的其實是中篇，如魯迅的《狂人日記》是短篇；《阿Q正傳》是中篇，因它的結構是一人多事。而張愛玲的短篇小說集中有短篇，也有中、長篇，如《紅玫瑰與白玫瑰》、《傾城之戀》，嚴格來說是中篇，前者以一個男人與兩個女人的愛情故事為主，是多人一事；後者以白流蘇的婚戀與一座城市的傾落為主，是一人多事；中篇是個特別有魅力的一個類型，它能深刻地表達一個不大不小的題材。而《金鎖記》是長篇題材，因此作者之後將它改寫為長篇《怨女》。

如卡謬的《異鄉人》是中篇，描寫一個異鄉人在參加父親的葬禮後，槍殺阿拉伯人，被審判時絕不認罪，在神父前也不願意告解，殺人的動機只因那罪惡的陽光。小說不僅寫活一個冷漠、疏離、悖德的異鄉人，他也成為存在主義思想的代表性小說人物之一，具有普遍的象徵意義。王文興《家變》中的逆子形象，多少也受此影響。它也是以主角范燁為主的一人多事小說，也是精彩的中篇。

另外托瑪馬曼的《威尼斯之死》、莒哈絲的《情人》、史坦貝克《人與鼠》……，都是中篇的名篇。中篇產生的時間約同於短篇，或晚於短篇，契珂夫的《決鬥》、果戈里的《鼻》、《狂人日記》、屠格涅夫《父與子》、《羅亭》應該也是中篇，它們介於長篇與短篇之間，大體是人物與事件的深度描寫，如果短篇追求的是單一效果與戲劇性衝突，那麼中篇的凝聚感與渲染效果同時並存。以王安憶來說，她的《富萍》、《流逝》都是出色的中篇，前者集中寫富萍，如何從鄉下到上海的小媳婦，如何走出自己的天空，其中對上海邊緣與浮游族群也有深度著墨，空間從幫傭的幹部家庭到上海街頭，最後飄至浮游於江上的鐵殼船，像捲軸一樣，拉出上海的市井，像這樣的深度與廣度，非短篇所能為，但人物聚焦於富萍，使結構線不至複雜；另外，《流逝》描寫的是一個家庭主婦，在太平時期平淡無為，文革時卻發揮潛能，把困苦的日子過得美美和和，那是她展現光輝的黃金時期，當文革結束，她已無用武之地，對她來說，那個非常時期已經流逝了。小說集中描寫女主角，時間是文革十年，是一個人物的小史，這也是常見的中篇格局。

因此，李昂的《殺夫》、李渝的《金絲猿的故事》、舞鶴《悲傷》、王定國《那麼冷那麼熱》應該也是中篇，中篇能傳達的，短篇與長篇並不能，雖然還未理論化，也許可以歸納出它們的藝術特徵：

1. 源自中型史詩，以一人多事或多人一事為主軸，通常是人物小史，或單一大事件的描寫。

2. 凝聚感：如李昂《殺夫》集中在林市身上，她小時候親眼目睹母親被強暴，跟丈夫結婚後，在床上被凌辱，受到村人的譏嘲，想要經濟獨立，卻被控管，還用食物控管她，她的生活越來越狹窄，意識已有些昏亂，作者又安排她到屠宰場看殺豬，林市的殺人動機越強烈，人物也就越立體，小說讀著讀著，我們似乎能進入林市內心，而她殺人後第一件做的事，是爬到飯桶挖飯吃。中篇能集中寫好一個人物，事件與時空也比短篇更大一些。短篇追求單一效果，而中篇的主要人物複雜，有時比長篇人物更突出，因為聚焦的關係。

3. 渲染效果：如托馬斯曼的《威尼斯之死》裡面的藝評家迷戀十四歲少年，竟為他而死。人物的情感與情緒是刻劃重點，他由追求藝術的理性之美，因這非理性的愛，讓自己不能自拔，內心的描寫十分充分且深刻，動機充分，情緒醞釀成熟，因此我們能接受，如此浪漫的愛，以及自我銷毀的死亡。渲染原是國畫的筆法，用一點造成暈散的效果，是人物的極大化描寫。

4. 以小見大：如海明威的《老人與海》，集中描寫老人追捕一條馬林魚的歷程，事件很單一，人物的心理描寫很多很細，老人與魚的搏鬥與強大的意志，令我們想到人與自然的搏鬥，而進入象徵的層次，因此有些中篇的意境大，也能反映或書寫大題材與大時代，因此被視為長篇。

延伸閱讀：

1. 王文興《家變》
2. 海明威《老人與海》

極短篇的分類

在一九一五至一九二〇年前後，一種非常迷你的小說出現在報刊，作為報屁股或花邊使用，因此有人稱之為花邊小說、迷你小說、小小說。在各國出現的型態有些差異，在法國都是一些搞藝評的人，隨著現代藝術的興起，也想打破小說的傳統，當時小說不是長篇就是短篇，於是出現小說的實驗，譬如有人在報紙發表「六行體」，法文的六行，翻譯成中文只有一、兩行，其中描寫一個人在送葬隊伍中哭得很傷心，結果才走到一半，就死在路上。又寫一個小偷闖空門，偷走所有東西，卻忘記偷走他自己：又有人寫一個乞丐死後，人們在他的床底下找到許多錢。另有一個人寫《連載小說又一章》，寫一個名叫羅伯特的人，他總喜歡教人怎麼穿，自己卻穿得很差；教人怎麼吃，自己卻常亂吃；他常開了很遠的車去看一個人，跟他說某某人很想念你，他整天忙得團團轉，其實他一個朋友也沒有。這些新型態的小說，引起許多人關切與討論。俄國屠格涅夫，他過世之後，留下許多又像詩又像散文的短稿，自題為「散文詩」，裡面有一則寫一個獵人帶著獵狗到森林中打獵，走了許久都沒看到獵物，忽然獵狗激動起來，前方樹上有個鳥巢，一隻雛鳥學飛時掉下來，獵狗興奮想撲過去，這時母鳥以很勇猛的姿態飛下來，想救雛鳥，獵狗退卻後退幾步，獵人想，小鳥與獵狗，體積與力量何其懸殊，然而母鳥護子的氣勢驚人，讓獵狗也不敢侵犯，那是母愛的力量吧！

另一篇寫一艘輪船航海已很久，海上忽起大霧，感到憂鬱孤獨的旅人走到甲板上，看見一隻被鐵鏈鎖住的猴子，牠的眼睛中也有著跟他一樣的憂鬱孤獨，看來就像人的眼睛，旅人不禁抱住猴子，相互慰藉。作者這時又發了議論，他說人與動物並無不同，所有有靈都是一體。這些富於詩意的短文，有情節，且在結尾特別有力，應該也是極短篇的一種。許多大小說家也寫這種短故事，如杜斯妥也夫斯基、川端康成。

另一個極短篇之王是奧亨利，他一生寫過幾百個短故事，情節富於巧思，著名的有〈聖誕禮物〉、〈一片葉子〉……等，常被收入國文課本中，他早年因債務入獄，幸好遇到一個改變他的典獄長，為了紀念他，故名O'henry，也寫了一些罪犯與典獄長的故事。小時候讀過一篇描寫一個很會開鎖的小偷，被關後逃，改名重新作人，典獄長天涯海角地追捕他，在他正要與銀行家女兒結婚的當天，典獄長打算逮捕他，他也認出他，沒想到婚禮之前，花童不見了，她因貪玩把自己鎖進保險箱，逃犯明知這樣等於暴露自己，為了救人，他還是當眾表演高超的開鎖術，然而典獄長卻沒逮捕他，只留下一張字條，上書以前的那個犯人已經不再，他要離開了，祝新婚快樂！

雖然極短篇還在發展中，也還未理論化，綜合以上，至少可分為三類：

1. 戲劇式：以奧亨利的極短篇為代表，通常具有新穎的故事理念、嚴謹的結構、突爆或驚愕的結局。

2. 散文詩式：看來既像散文又富於詩意，然有個引人深思的結尾。

3. 實驗式：形式較特異，充滿實驗精神，如〈六行體〉。

有些人認為極短篇難寫，說寫信容易，發電報難，其實，極短篇很適合作小說的入門，因一般人寫小說喜歡從自身寫起，而極短篇大多寫他人的故事，我們在生活上也常遇見，令人意外或驚奇的事，它的題材太小，不夠寫短篇，也不能寫成散文或短詩，那它就適合作極短篇處理，好的極短篇，用說的一樣精彩，可以先說給人聽，如果沒有驚喜或老梗，就算了。

延伸閱讀：

1. 川端康成《掌中小說》
2. 奧亨利《短篇小說集》

極短篇的美感與藝術特徵

極短篇是因應快速的社會產生的「快餐文學」，它形製短小，它必須短小，現在的讀者都很聰明，小說看了頭就知道結尾，你必須在他們還未想到之前，來個當頭棒喝，如果其他小說是講究「漸悟」，極短篇講求的是「頓悟」。它追求的美感是：

1. 速度感

高速會帶來快感，當我們坐雲霄飛車時，當速度超過預期，會讓我們感到快感，極短篇短的只有幾十個字，當然要求節奏快，情節的動作快到超出預期。

2. 渲染的美感

是類似毛筆點狀暈開，不斷擴散的效果，極短篇的重點在結尾，前面是埋筆，後面有餘韻者為最佳。

3. 高潮等於結尾

短篇的結構是頭—中—尾，高潮位於結尾之前，而極短篇往往在高潮時收束。

極短篇的迷信

1. 時空不能太大

雖然極短篇的格局小，但並非如短篇一樣追求單一效果，有時也能處理較大的時空，如契訶夫的〈賭〉，寫在一個宴會中，銀行家與律師辯論死刑與無期徒刑哪個較不人道，律師堅持死刑不人道，應該廢除：銀行家堅持長期坐牢更不人道，兩個人越吵越凶，律師說：「那我們來打個賭，如果我能關二十年，你全部的財產給我。」一銀行家說好，於是律師被關進銀行家的花園後的小房子，第一年律師過得很開心，唱歌、看書、寫信……做了許多他平常想做而不能做的事，第二到十年他看遍所有的書籍，不懂的學科更要讀，十年之後陷入痛苦，躁動，這時他要求看神學與宗教的書籍，之後變得很安靜，到二十年期限快到時，銀行家開始緊張，想到他將失去所有財產，起了殺心，他在一個深夜偷偷進入關律師的房子，二十年了，房子髒亂布滿蛛網，律師趴在桌上睡著了，他的頭髮很長而且都白了，瘦到像一具骷髏，他正在寫些什麼，而且寫完了，上面寫「你們這些虛妄浮華的世人，我看透一切的虛偽與欺騙，除了真理，再也沒什麼能打動我……為了表明我對俗世的厭棄，在二十年期滿前一刻，我將逃出這房子。」銀行家看了，羞愧地偷偷走出房子，果然在二十年期滿之前，律師從窗口逃走了。

這篇的時間跨越二十年，但從藝術特徵來看，還是一篇精彩的極短篇。所有的小說類型，不應以字數論，而應以藝術特徵來論。

2. 最好不要寫靜態的回憶

極短篇也能處理靜態的回憶，如〈事後〉，描寫一個父親正在看一本童話故事，回想起不久前，小女兒站在書房門口說：「爸爸，你給我念這個故事好嗎？」他正埋在工作堆中，頭也不抬地說：「爸爸正在忙，下次再念！」過了一陣子，他抬頭看見女兒沒走，又說：「我已經等好久，可以給我念這故事嗎？」他說：「不行，真的，下次，我答應你。」「一定喔！」女兒終於失望地走了。這時妻子走進來說：「該出發了，女兒的葬禮要開始了！」他說：「在等我一下，讓我念完這個故事，很久很久以前……」

可見，回憶只要不要太靜態，也是可以寫成極短篇。

3. 一定要有突爆或驚愕的結局嗎？

有些極短篇讀來像散文，只是也有個有餘韻的結尾，如川端康成的〈百合子〉，他描寫百合子喜歡一個人時，希望變得跟對方一模一樣，小學時她喜歡的同學家境不好，鉛筆削到剩一小截還在寫，她故意把鉛筆切斷，也用一小截寫字；中學時她喜歡雪子，她在冬天，臉凍得紅通通的，為了跟她一樣，她每天用冰水洗臉，把臉凍得紅通通的：等到她結婚後，她也學著丈夫抽菸、穿襯衫，講話粗裡粗氣，丈夫生氣，警告她不能這麼做。不能跟愛的人一樣，百合子覺得好寂寞，於是她常到教堂，對上帝禱告，現在她只能愛上帝了，她對上帝說：「我愛你，請讓我變得跟你一樣！」於是百合子就變成百合了！

這個散文詩似的極短篇，讀來像散文，雖有個魔幻的結局，但也不是突爆，驚愕感也還好。

4. 一定要有嚴肅的主題嗎？

有些極短篇只為令人莞爾一笑，如〈衣冠造人〉，寫的是一群小偷闖空門，一個人在外面把風，穿著警察的衣服假裝巡邏，走著走著，對面來了一個真警察，他硬著頭皮跟他打招呼，居然沒被認出來，他太自得了，覺得自己就像真的警察，於是開始做些警察會做的事，指揮行人過馬路，扶著老婆婆過街，甚至忘了她提包中的皮夾。等兄弟們洗劫完出來說：「成了，快走！」他拿著槍指著他們說：「你們這群強盜，我以警察的名義逮捕你們！」

像這樣引人發笑的極短篇也不少，但不要把極短篇寫成笑話，其差別在極短篇的重點在捕捉人性的微妙，而笑話只是為了讓人發笑。其他的迷信像：極短篇比小說更難寫，極短篇一定要有新穎的故事意念……，這些其實都可以打破，譬如舊瓶裝新酒，或只是一個簡單的人物素描、一段對話就能構成極短篇。

延伸閱讀：

1. 《極短篇》，聯經

極短篇的魅力——談戲劇性轉折與突爆

短篇之王有三個：契訶夫與奧・亨利，莫泊桑，之前我們介紹莫泊桑、奧亨利，這次介紹契訶夫，他不僅是短篇小說之王，還是極短篇之王。奧亨利專寫極短篇，契訶夫中篇、短篇、劇作皆傑出。甚至有評論家說，契訶夫的一兩篇經典，拿莫泊桑全部的作品來換，也不為過。紐西蘭短篇小說家凱薩琳・曼斯菲爾德甚至曾說：「如果法國的全部短篇小說都毀於一炬，而〈苦悶〉留存下來的話，我也不會感到可惜。」

〈苦悶〉就是這樣傑出的極短篇，描寫一個拉車的車夫想向人訴說兒子昨天才死的悲傷，乘客沒人要聽，連僕人也不想聽，最後只有向自己的馬訴說。故事之前有一句序言：

> 我向誰去訴說我的悲傷……。

在一個雪夜中，剛死了兒子的車夫，想對乘客訴說自己的苦悶，卻一而再再而三地受到拒絕，情節大多由對話與動作構成，然對車夫的心理描寫很細膩：

約納回過頭去瞧著乘客，努動他的嘴唇。……他分明想要說話，然而從他的喉嚨裡卻沒有吐出一個字來，只發出嘶嘶的聲音。

「什麼？」軍人問。

約納撇著嘴苦笑一下，嗓子眼用一下勁，這才沙啞地說出口：「老爺，那個，我的兒子……這個星期死了。」

「哦！……他是害什麼病死的？」

約納掉轉整個身子朝著乘客說：「誰知道呢，多半是得了熱病吧……他在醫院裡躺了三天就死了……這是上帝的旨意喲。」

「你拐彎啊，魔鬼！」黑地裡發出了喊叫聲。「你瞎了眼還是怎麼的，老狗！用眼睛瞧著！」

「趕你的車吧，趕你的車吧……」乘客說，「照這樣走下去，明天也到不了。快點走！」

總是這樣被無情地拒絕，越被拒絕越渴望訴說「他渴望說話。他的兒子去世快滿一個星期了，他卻至今還沒有跟任何人好好地談一下這件事……應當有條有理，詳詳細細地講一講才是……應當講一講他的兒子怎樣生病，怎樣痛苦，臨終說過些什麼話，怎樣死掉……應當描摹一下怎樣下葬，後來他怎樣到醫院裡去取死人的衣服。他有個女兒阿尼霞住在鄉下……關於她也得講一講……」就在他絕望之時，他對馬說話，本只想問牠吃草吃得好嗎？不知不覺就把想講的話全部對牠講。

全篇約三千多接近四千字，為什麼說它不是比較短的短篇呢：因為它的藝術特徵較接近極短篇。小說的分類不是按字數分，而是看它的藝術特徵。

極短篇是小說中較新的文類，因還未理論化，因此大家都各說各話，未有定論。極短篇的興起跟一次世界大戰之後的現代主義藝術有關，是對傳統小說的反動，更由於報刊雜誌對短小輕薄的作品有需求，常是當花邊或報屁股使用，因此有人稱它為「花邊小說」，大陸稱「微型小說」，日本稱「掌中小說」，晚年的川端康成、屠格涅夫都熱愛此文類，也出過集子，屠格涅夫那本叫《散文詩》，因為編輯不知如何命名。

極短篇一定得短，短到你還沒意識到它就結束了，像當頭棒喝一樣讓人頓悟，速度感與渲染效果是它的特徵。大略可分為三類：戲劇性的、散文詩性的、實驗性的。這篇是戲劇性的，它具有新穎的意念、嚴謹的結構與突爆或驚愕的結局。當馬夫約納苦悶到極點，轉而對馬訴說時，他得到解救，讀者得到的是驚愕，同時也被解救。在閱讀過程中我們溶入他那濃得化不開的悲傷，就在絕路時峰迴路轉。這是戲劇性極短篇的經典之作。

極短篇習作

極短篇的情節重點在結尾，如果短篇小說的結構是：頭—中—尾，中是頂點或高潮，那麼極短篇的高潮（頂點）等於尾，也就是呈現頭—中（尾）的狀態。一般人對極短篇有著迷思，如極短篇在小說中是最難寫的：

之前說極短篇還未理論化，因此作品水準也很參差，好的極短篇文學性很高，像這篇〈苦悶〉寫出一個哀哀無告的勞動階層的苦悶，而我們人生中何嘗沒有這種無人可傾訴的悲哀？人物鮮活、故事意念歷久彌新，戲劇性轉折也十分合理，魯迅的〈祥林嫂〉可能受它影響，好的極短篇也能傳之久遠。

有些人誤解極短篇的精神，把它寫成笑話，它的梗有時跟笑話有點像，但笑話只為引人發笑；極短篇跟其他文學作品一樣，形式完好，內容深刻。

那極短篇到底是難還是易啊？我覺得把它當作寫小說的入門或練習倒是不錯，因它篇幅短，比較好操作，寫壞了再寫一個，多寫幾個抓住感覺，要快、狠、準，練到一箭穿心即可。

極短篇最怕老梗，好的極短篇用說得跟寫得一樣精彩，不妨先來個說故事比賽，要符合極短篇概念的，如果獲得肯定就把它寫下來。

極短篇的取材往往來自我們的生活，那些無法化為詩或散文或小說的小題材，饒有興味的就可寫成極短篇：

1. 取材自人物

有時單就一個人物的描寫也可寫成極短篇，有一次在小說課上要大家作人物素描，大多數人寫同學或好友，其中有一個大約這樣寫：「他就要來了，我最愛的男人，下雨時他幫我撐傘，天冷時他將他的大衣披在我身上，有什麼好餐廳一定要一起去打卡，我陪他看球賽，一起歡呼吶喊；他陪我聽演唱會，瘋狂揮舞螢光棒，他是我見過最成熟、體貼的男人……現在他就要來了，見到我拉開一百分的笑容，揮動大手，我迎上前去抱住他，爸爸！」現在這個梗不能用，老梗。

它沒什麼情節，也沒想寫極短篇，但它就是極短篇。

2. 取材自對話

寫小說要會寫對話，對話是蒐集來或偷聽來的，在人多的地方偷聽別人說話是莫大享受，好的對話不是想出來的，而是平常留意的結果，〈苦悶〉中的對話常是無交集的，最後的轉折由馬夫的獨白構成，獨白、內心獨白也是對話書寫中的一部分：

他穿上衣服，走到馬房裡，他的馬就站在那兒。他想起燕麥、草料、天氣……關於他的兒子，他獨自一人的時候是不能想的……跟別人談一談倒還可以，至於想他，描摹他的模樣，那太可怕，他受不了……「你在吃草嗎？」約納問他的馬說，看見了牠的發亮的眼睛。「好，吃吧，吃吧……既然買燕麥的錢沒有掙到，那咱們就吃草好了……是唉……我已經太老，不能趕車了……該由我的兒子來趕車才對，我不行了……他才是個地道的馬車夫……只要他活著就好了……」約納沉默了一忽兒，繼續說：「就是這樣嘛，我的小母馬……庫茲瑪・姚內奇不在了……他下世了……他無緣無故死了……比方說，你現在有個小駒子，你就是這個小駒子的親娘……忽然，比方說，這個小駒子下世了……你不是要傷心嗎？」

那匹瘦馬嚼著草料，聽著，向牠主人的手上呵氣。約納講得入了迷，就把他心裡的話統統對牠講了……

3. 取材自對比設計

凡事物能構成對比如美與醜，好運與惡運，真與假，是與非，如契訶夫另有一篇〈六月與十月〉，開頭是一個軍官正在鏡子前整理他的鬍子，一面對鏡中的自己說「今天一定要求婚成功」，不久他跪在心愛的人前面求婚說如不答應馬上自殺，女的說也許我們現在不錯，但十年後呢？一個人晚上想到外面看戲，一個人只想在火爐前玩撲克或看書……你我之間的差距就好像六月與十月，所以我無法答應。軍官回去後站在鏡前看看自己說：「也許她說的對，我今年才十九歲，她至少有三十了。」

強調戲劇性的極短篇：

臉

每次吵嘴，她總會背著他，不願讓他看見自己的臉，也不願看見他的臉。他扳著她的肩頭著急地喊：「看著我，讓我看你，看不見你的臉，我好慌。」有時也不是真生氣，只為逗他，喜歡看他慌亂的樣子。等到百般哀求，她才回過身來。這時他會捧著她的臉很嚴肅地說：「不要再這樣，嗯？背著臉好像你不見了，好恐怖！不管怎麼樣，我都會正臉看你。」

兩個人終究沒有在一起，他結婚時，她去了。新人敬酒時，他濕著眼睛直直地看著她。很快地她背過身去。送客時，他也直直地看她，她看也不看他就走了，只留下背影。

有一回在街上迎面相見，她立刻轉身往相反方向走。感覺他追上來，她跑得更快，就是不讓他看見她的臉。好不容易脫離險境，他突然出現在她面前，氣喘吁吁地說：「我說過，不管怎麼樣，我都會正臉看妳。」

年老時，她常想起他的臉，都是正臉，眉目清晰，情意更清晰。而她在他的腦海中，永遠是背影，而且面目模糊吧？不行，她要讓他記住她的臉。她想去見他，正臉見他。

寫信去很久之後才有回音，信是他女兒寫的，簡單地描述父親過世的情形，並說明父親死前的叮囑，信中掉出一張照片，是正臉的他，正直直地看著她。

手機時間

公車上，人很擁擠，聲音也很擁擠。誰也不理誰，誰也不聽誰。

打手機的女子聲音越來越大聲，越來越淒厲：

「我就知道你一直在騙我，騙得我好慘，你說，你昨天是不是又跟她在一起？沒有？我明明看見你們走在街上幾乎抱在一起。我跟蹤你們，我為什麼不能跟？」

公車上突然靜下來，所有人豎起耳朵聽著。女子沒有發覺，她太激動以致說話旁若無人。

「你這樣腳踏兩條船，你很happy很爽對不對？你知道我快活不下去了，你說，你到底有沒有良心？呵！你不想聽了，不耐煩了是不是？那我告訴你重點，我懷孕了！」女子幾乎是慘叫還帶著哀哭。乘客臉上也露出驚駭的神色。

「怎樣？你終於有點著急了吧？我怎麼樣跟你有關嗎？你在乎嗎？你想要孩子，我不想要！我幹嘛為你吃那麼多苦？不要任性？不要歇斯底里？告訴你，我要傷你的心，就跟你傷我的心一樣！我要讓你後悔一輩子！」

她會做出什麼可怕的事，乘客的臉色十分擔憂。大家參與了她的私密，彷彿成為命運共同體。

「我剛剛去醫院，就剛剛，把孩子拿掉了！」

啊！乘客在心中慘叫！

那女子飛快地關上手機，臉朝窗外，長髮飄在風中，嘴角露出得意又狡黠的笑容。（周芬伶）

作品欣賞：

書寫的理由：訪談計畫之一

包冠涵

我問她書寫的理由。

她說：「那時候我才五歲。五歲，或者六歲。」

我附和地點點頭。

「我跟母親坐火車到花蓮，從臺北出發，記得是要去拜訪一位生病的親戚。我帶了新買的水壺，一路上喝水都有塑膠味。

「在車上，我並不吵鬧。我自小就是個安靜或者至少是習於安靜的小孩，媽媽在我的背包裡放故事書跟圖畫本，幾支筆，能讓我消磨一天。

「別的小孩在哭，在車廂裡，當時的車廂尚無冷氣，悶熱，人的情緒浮浮的，我記得自己皺起眉頭來聽別的小孩哭，心裡覺得他們很吵，不懂事。」

「五歲？」我笑笑。

「五歲。」她說。從語調中聽不出來她對當時所顯露出來的早熟懷有絲毫驕矜之心。平鋪、直述、方正一如擺在桌上的經典款包。

「後來？」喝口水，水裡摻了檸檬，想起抽菸，可店裡不給。

「後來，」她笑之時眼裡的光芒威嚴而內斂，但那確實是光芒而且能溫暖他人，我細細記住這個特徵。

「後來入了夜，火車也熄燈，只留下幾盞虛應故事般亮著，乘客多半睡了，不睡的也安靜下來，眼睛虎般看著窗外。」

「妳也看著窗外？」

「我也看窗外。不看書了，太暗看書傷眼。那時母親坐靠走道的位置，她也閉眼像睡了，身上有股花香。」

「什麼花香？」我問。她身上也有股香，冷的，聞起來疏離。

「不像真實的，應該也被孩子需要的安全感所左右的一種氣味，並不客觀。五感裡就氣味最難客觀，我只記得那味道讓我舒服。

「後來我也睡了。這樣講你或許會比較好理解。」

「其實不是睡？」

她搖搖頭，祖母綠耳環跟著晃。「不是睡，像一個聲音拐著妳，拐妳上一條甜甜、奶香、糖果味的路。」

「糖果屋？」

「所以年歲稍大些讀到那個童話會明白可怕在哪裡。」她掐起咖啡杯，手指果然如預料般骨肉勻稱、白、透粉紅。

「我逃開那個睡眠之後，醒來之後，心裡知道自己該被懲罰。」

「懲罰？」

「像我這樣的小孩，過於謹慎，一開始總是給自己接近臨界值的罪惡感，之後的過程才是一點一點放鬆。」

「這是分析？」我招來waiter，再點了杯拿提，落地窗外是秋天的雨。

「是權宜的解釋。我不懂自己的。從小到現在。說懂自己讓人難為情。」

「像父權？」她輕笑。若有似無。

「我轉頭，母親不見了。當下我領悟到這就是我懲罰的內容。」

「母親不見了，我無法等，也無法找，這不正義，您能掌握到這個處境嗎？」

「怕是不能。」我據實以告。

「即使母親又出現了，甚至我也是不能歡欣，不能感到被恩賜或有失而復得之情，這也不正義。」

「五歲孩童的正義？」

「小孩不懂反省正義，我認同。但是小孩執行。小孩既直且質。」

「質樸？」

「naive某個方面說來是可貴的。」她回答

「我額頭貼著窗玻璃，不看窗外流逝的風景，那風景說來也只是濃稠化不開的黑而已，唯一對我來說有意義的是自己眼睛的倒影。

「我看著那雙眼睛，懲罰就在那雙眼睛裡發生，審判就透過那雙眼睛執行。那時候的我不再是我，而是一個被剝奪了向別人求取溝通之權利的對象。」

「超出我所能理解太多。」waiter送來拿提，磚紅色的馬克杯讓人感到厚實，奶香竄入鼻腔，大方挑逗著。

「本來就難說明。對自己說來就難，更何況另一個人。」

她那麼寬容地笑，幾乎讓人想恨她。

「母親回來，見我醒了，撫撫我的頭，說了什麼。或許是『剛剛去了廁所』或者『怎麼就醒了？』之類的話，就又睡了。

「我對母親笑，很平常的笑，但是那個笑如今想來讓我悲傷，甚至是哀痛。

「我看著母親睡著的臉孔，看了許久許久，然後又轉向窗子。車正駛過海邊，墨黑一片的大海，幾點漁火的星光對於大海來說根本無關痛癢。

「我又貼著窗玻璃，額頭感覺冰冰的，玻璃上眼睛張得大大的，那是誰的眼睛呢？」她忽然問。

我的視線不經意滑走到她的領口又滑走至她的手，手拘謹地交疊，如同裹著絲襪的腿。

「沒有誰救得了妳嗎？」

「她。」她指正。

「她。」我改口。

「誰逃得了自己的眼睛呢？即便只是倒影。」窗外雨停了，老人收起傘，目光蒼茫地盯著晚藍的天空。水窪映著雲，也映著老人手裡的傘。

「我朝著窗玻璃呵氣，霧氣一下子讓眼睛的倒影消失了。我好驚奇。

「你知道嗎？我好驚奇。」她熱切地凝視我。

「我伸出小小的手，在那團霧氣上寫下第一個字。我還記得指尖劃過潮濕的玻璃時我一直在發抖，筆畫扭扭曲曲的，寫的什麼都記不住了。

「長大後我回想，那不就像是從神那兒偷來什麼，因而知道從今而後可以活下去嗎？

「不知道這樣子有沒有回答到您的問題？」她離去前微微欠身問。

我慌亂地鞠躬，說不出話來。

她是「書寫的理由訪談計畫」裡的第一位受訪者。二〇〇六年九月一日，下午，於alice coffee進行。

長篇小說的進展

長篇小說的藝術特徵：

1. 題材

長篇因字數多，需要的材料相當多，選擇一些令人感興趣的題材，才能抓住讀者的興趣，不致半途而廢，這裡有個參考，是媒體學者根據人性的十二誘力，找出重大新聞或頭題的要素，分別是：偶像（英雄）、美麗、暴力、鬥爭、金錢、權勢、情慾、文明、自我改進、健康、神祕、時尚。以中國四大小說來說，《三國》符合偶像、暴力、鬥爭、金錢、權勢、情慾、文明、自我改進，缺了健康、神祕、時尚；《水滸》大約相同；《西遊記》缺了金錢、健康、時尚；《紅樓》則全部都有，怪不得能成為膾炙人口、雅俗共賞的作品。

雨果的《悲慘世界》只缺健康、神祕；普魯斯特《追憶似水年華》則全中，怪不得成為經典；大抵來說，你選的題材誘力越多，越能引起大眾共鳴，然有些小說不以題材取勝，如卡夫卡《變形記》，它既無偶像，也無金錢、權勢、情慾、健康、時尚，但卻也能引起大眾共鳴，杜斯妥也夫斯基的小說大都沒有英雄、健康、神祕、時尚，但它的深刻度卻能動人心魄，大抵來說，你至少要含有七、八項以上，否則很難讓人讀完你的幾百頁故事。

選擇一個好題材，並深入它，是寫長篇小說的第一步。

2. 複雜性

小說是人生的切片，且是用顯微鏡看人生，因此跟人生一樣複雜，有時更複雜，複雜的人物關係，複雜的人物個性，像海中的生物群或珊瑚礁群，越複雜越美。

短篇小說追求單一效果，越集中越壓縮，長篇追求的是複雜性，不管是人性的複雜或社會的複雜，越複雜越好，如同有人形容普魯斯特《追憶似水年華》，像海洋中的珊瑚礁群，那樣深邃、錯綜、連綿不盡，長篇小說家要寫肉眼看得見的，也要寫肉眼看不見的，既能表現總體性，也常是多人多事多線進行，如長江大河般支線交錯、流域廣大。

3. 延展性

延展性指其情節的開展度越大越好，如孔雀開屏般，全開時讓人眼花撩亂，而且開屏時彷彿放電似地全身顫抖，長篇先有個不俗的開端，所謂開端是「前面沒有事發生，後面必有事發生的那個點」，好的開端能講幾句閒話如「這是一個最好的時代，這也是最壞的時代……」，托爾斯泰寫《安娜卡列尼娜》時，情節都想好了，卻缺乏好的開頭，小說因此擱置許久，有一天他讀到一本小說的開頭是這樣的「所有賓客都到了某某人家……」他突然有了靈感，寫下那有名的開頭「幸福的家庭都是相似的，不幸的家庭卻有各自的不幸，某某家的男主人愛上女教師，婚姻出了問題，家庭掀起波瀾……」因此才有安娜卡列尼娜到哥哥家幫忙解決，因此邂逅年輕軍官進而外遇的情節。作者不過在開頭多說兩句，那兩句還是金句，否則連兩句都可省了。

開端─開展─高潮─結尾，大抵是長篇的結構，問題是如何開展，你要給主角一個強烈的動機，也許是夢想也許是慾望，你要不斷折磨他，讓他得不著，或者快得著時又讓他失去，直至夢想破滅。如史坦貝克的《人與鼠》，裡面的喬治與法蘭克是一對孤兒，喬治長得短小精悍，機智過人，法蘭克高大有點遲緩，力大如牛，他喜歡摸毛絨絨的東西，法蘭克母親死前將他託付給喬治，喬治很保護他。他們到處流浪，最大的夢想就是擁有自己的農場，法蘭克常要喬治給他講農場的故事，每當他說著：「我們的農場在河的旁邊，最外面是玉米田，然後是棉花田，我們也要養馬養牛……」這時法蘭克就會興奮地說：「還有兔子，我要摸牠們的毛……」兩個人到處打工賺錢，但不久法蘭克就會闖禍，通常是看到女人的頭髮忍不住去摸，把人給傷了或嚇著了，因為他力氣太大，最後只好逃跑。因此他們都賺不到錢，這次好不容易來到一個大農場打工，老闆是個拳擊手，老闆娘是個風騷的女人，喬治這次一再告誡他不能輕舉妄動，也不能說話，凡事要聽他的，法蘭克答應了，這次他真的很乖，沒出什麼事，他們工作一段時間，漸漸存了一筆錢，農場中的老工人，有幾個願意拿出錢來，合開農場，他們的夢想就快實現。有一天休假，工人都到城裡去，喬治他們為怕花錢留在工人宿舍裡。喬治有事要離開一下，要法蘭克看到什麼人都別說話別動。沒想就在此時風騷的老闆娘進來了，她看到法蘭克長得高大雄壯就去勾引他，法蘭克記著喬治說的話，不要說話不要動，女人一直逼進他，他一直後退，退到牆角了，女人說：「你看我的頭髮多漂亮，要不要摸一下？」法蘭克看著那一團漂亮的毛絨絨，忍不住去摸，因為他實在太用力了，女人說：「你弄痛我了，快放開！」女人越想掙脫，法蘭克越用力，最後把女人的脖子扭斷了。這時，他依照約定的若出事在山溝裡等喬治會合。老闆為了復仇，帶著大批人馬要殺喬治。當法蘭克等到喬治時好開心，他說：「我知道你會來的，我好害怕，再給我講講我們農場是什麼樣的。」喬治說：「我們的農場在河的旁邊，最外面是玉米田，然後是棉花田，我們也要養馬養牛……」這時法蘭克興奮地說：「還有兔子，我要摸它們的毛……」喬治就在這時拿著手槍往法蘭克的太陽穴開槍。

我只是用說故事的方法講小說，可能跟原文有出入，主要是要說明，故事的開展是透過一個又一個衝突，這衝突是他們夢想的強烈，越強烈則阻力越大，情節因衝突而展開，而且越開越大，直至爆發，升至高潮，夢想徹底破滅，這時來到結尾，越簡短有力越好。

4. 悠閒感

長篇因篇幅長節奏慢，可以有靜態描寫，也可以有些沒什麼情節的生活描寫，吃、喝、玩、樂、食、衣、住、行……，而且越細越好，這些細節描寫能構成小說人物的世界，有空氣、陽光、色彩、聲音、味道、觸感……讓我們不自覺滑進這個世界。這是小說迷人的原因之一，邀請我們進入這有別於現實世界，卻比現實世界更迷人的時空，讓我們與熟悉又陌生的人物朝夕相處，節奏常常是緩慢的，讓我們心也靜下來。

延伸閱讀

1. 普魯斯特《追憶似水年華》
2. 卡夫卡《變形記》

長篇的演變

史詩是希臘時期的產物，之後小說不再是詩（韻文），詩意的喪失，讓盧卡奇認為小說是「史詩的殘餘」，在我們熟知的寫實主義小說之前，西方小說是什麼樣子的呢？在中古世紀有英國的騎士故事和法國北部的英雄史詩。十五、十六世紀西班牙產生的遊俠騎士的小說，反映了西班牙的歷史背景。在西班牙人民在反抗摩爾人統治的解放鬥爭中，出現一群騎士與小貴族的特殊集團，他們是光復運動的主力軍。西班牙在復興之後，國勢稱霸歐美，那時的西班牙可說是西方之王，而騎士就成為西班牙人理想中的英雄。反映在文學創作上，就是騎士小說之盛行。那史詩與騎士小說有何不同？一般而言，史詩的主人公行動具有崇高的目的，他們常為祖國或宗教而獻身；而騎士小說的主人公純粹為了冒險而行動；史詩的情節大多是根據真實而設，騎士小說的故事建立在純屬虛構的情節之上；另外在史詩中，女性常是配角，主人公與愛情無涉，而騎士小說的主人公常為美人或情人付出性命，女性地位十分崇高；史詩中的英雄形象偏粗獷豪放，如《奧德賽》中的悠力西斯；而騎士小說的英雄偏溫文爾雅。

最早的騎士小說大約在一三二一年出現，到十五世紀末，十六世紀初才形成具有本土意義的文學高潮。

據統計，從一五〇八至一五五〇年間，幾乎平均每年有一部新的騎士小說問世，一共出版六十多本，光印刷就三百版。十五世紀末十六世紀初，上自王公貴族，下至平民，無人不讀騎士小說，跟一般通俗文類差不多。

文藝復興之前，最為人熟知的小說為喬叟《坎特伯里故事集》、但丁《神曲》；史詩則是法國的《羅蘭之歌》、西班牙的《熙德之歌》、德國的《尼伯龍根之歌》。《羅蘭之歌》以盎格魯—諾曼第方言寫成，以十字軍東征為背景，是一個典型的表現愛國忠君主題的故事。《坎特伯里故事集》堪稱文學體裁的集大成。雖然故事集裡只有二十一個完整的故事和另外一些未完成的片段，內容包含當時歐洲的大多數文學體裁，如騎士故事、市井故事、悲劇故事、喜劇故事、傳奇、聖徒傳、歷史傳說、宗教奇蹟故事、動物寓言、宗教寓意故事、佈道詞等等。喬叟可說是把悲劇故事體裁引入英國文學中的重要人物。我們可以藉一篇故事瞭解當時的時代氣氛：

《坎特伯里故事集》之女尼的教士的故事

公雞腔得克利與七隻母雞住在一位克勤克儉的寡婦院子裡。一天凌晨，公雞從噩夢中驚醒。他夢見一隻野獸潛伏在草叢裡伺機要咬死他。他最寵愛的母雞派特立特譏笑他膽小如鼠，認為男子漢大丈夫應該敢於蔑視一切，有膽有識，勸他不必把夢放在心上。可公雞舉了很多例子說明，人在遭厄運之前都曾在夢中得到預兆。比如：有兩人因找不到旅店，一人不得不投宿牛棚。夜裡，另一人兩次夢見宿牛棚的朋友向他求救。他未加理會。第三次做夢時，朋友告訴他自己已被貪圖金錢的馬夫謀害，懇請他第二天清早攔住一輛糞車，他的屍體就藏在糞車底層。事實果然證實了夢中的景象。後來謀殺者被揭露並受絞刑。又如：有兩人要乘船遠航，因為風向不對，被迫耽誤一天。就在這天夜裡，其中一人夢中得到警告：第二天不要出海，否則會淹死。他的同伴聽後不以為然，堅持動身。後來果然遇難。公雞說完這些可怕的事情，又自我寬慰了一番。等天一亮，他如平日一樣與母雞們覓食尋歡，早把昨夜的擔驚受怕拋在腦後。突然間，他發現躲在草叢裡的狐狸，不禁大驚失色。正要拔腿逃跑，狐狸叫住他，說自己是專門來欣賞公雞的歌聲的。一番奉承話說得公雞心花怒放。他剛擺好姿勢準備引吭高歌，狐狸衝上前咬住他的頸項，急步向窩奔去。母雞們慌亂的哭叫聲引來了寡婦和她的兩個女兒。眾人帶著棍棒協力追趕。公雞見狀，對狐狸耍了個花招，從他嘴裡掙扎出來，僥倖地逃脫了厄運。

西方小說的演變我們可用以下的次第顯示：

史詩之後的中古世紀騎士小說（古典主義十一至十四世紀）↓擬騎士小說（古典主義十五至十六世紀）↓流浪漢傳奇（浪漫主義十七、十八世紀）↓成長與教育小說（十八至十九世紀浪漫主義）↓家族史小說（寫實主義十九世紀）↓意識流小說（現代主義二十世紀）↓法國新小說（現代主義二十世紀七零年代）↓魔幻寫實小說（後現代二十世紀至二十一世紀）↓後設小說（後現代二十世紀末至二十一世紀）↓跨類小說（後現代二十一世紀）

文藝復興時期的《唐吉訶德傳》為擬騎士小說，惡漢小說（英語：Picaresque novel，西班牙語：Novelapicaresca）是十六世紀源自西班牙，十七世紀～十八世紀在歐洲流行的小說形式。其特徵為，第一人稱自傳體、插話並列，下層出身者、社會寄生的主人公，社會批判、諷刺的性格，通常是對騎士的小說的反諷，如托比亞斯—喬治・斯摩萊特（Tobias George Smollett，一七二一～一七七一）是一位十八世紀蘇格蘭詩人、作家。他以創作惡漢小說出名，代表作有《藍登傳》、《匹克爾傳》；歌德的小說《威廉·邁斯特的漫遊年代》是第一部教育小說，查爾斯・狄更斯的《大衛・科波菲爾》是著名偽自傳式教育小說。左拉的二十二部曲為寫實主義的代表作，馬奎斯的《百年孤寂》為魔幻寫實代表作；《追憶逝水年華》為意識流小說代表作；後設小說以卡爾維諾《如果在冬夜一個旅人》為代表作；跨類小說現在還未有代表作，石黑一雄的《別讓我走》近之。

在中國小說的發展是先有短故事，再有文言短篇志怪與傳奇，然後是話本小說、擬話本小說、章回小說至白話小說：

神話與傳說（以《山海經》為主）（西元前）→魏晉志怪小說（三至六世紀）→唐傳奇（六至十世紀）→宋話本（十一至十三世紀）→章回小說（十三至十九世紀）→現代小說（二十世紀至今）

必須說明，神話、傳說、志怪、傳奇雖然篇幅不長，有些是較長且完整的故事，如〈定伯賣鬼〉、〈李娃傳〉，以情節之複雜度來說，後者可說是長篇，宋話本是聽的小說，也是說話的腳本，如真的講可以講好幾天，宋話本存留的故事雖不多，然都以庶民的故事為主，〈碾玉觀音〉難得以玉匠與繡娘等巧藝人作為主角，是才子佳人的翻版，也是〈離魂記〉與〈牡丹亭〉之間的過渡版本。

中西小說雖無法對應，看來中國小說發展較晚，因我們的史詩傳統較弱，發展較慢，聽的小說歷史漫長，然大約都在十五至十七世紀出現成熟的長篇，而從西方傳到中國的五四小說，是傾向寫實的短篇，如魯迅《吶喊》，長篇稍遲，在步調上稍晚於西方五十年，其時西方已進入現代主義時期。

延伸閱讀

1. 宋話本《碾玉觀音》
2. 卡爾維諾《如果在冬夜一個旅人》

大長篇的困難

大長篇小說指的是二十萬字以上的小說，以前的長篇只要八至十萬，現在的長篇動輒四十、五十萬字，這到底是什麼情況？主要是類型小說盛行，大多是大部頭，而且越寫越長，養大讀者的胃口，再來是政府獎勵歷史與長篇小說，長篇補助六十萬，剛開始接受獎勵的都是資深作家，交出二、三十萬字已足夠，後來新人漸多，為顯現重量以通過考核，而至越寫越長。短篇與長篇的不同在：

1. 人物刻劃方式不同

短篇因結構較快，人物無法精雕細描，大多使用直接刻劃。直接刻劃大多三言兩語就把人物說死，如張愛玲形容一個大學女助教「她穿著白旗袍鑲藍邊，整個人像一則訃聞」，形容一個普通小市民則說「他前面與後面長得一樣」；如果是長篇則直接與間接都用，間接可以多間接？像《追憶似水年華》那樣，光寫個斯萬這個人就寫了一本，寫他愛上的女僕又是一本，當然這些人物都在他的回憶中，也都是作者的內心世界，他寫活許多人，最鮮活的是他自己。

2. 結構不同

小說結構分為簡單結構、複雜結構、機體結構、散體結構、聯鎖結構、鎖鍊結構⋯，大體而言短篇都是簡單結構；結構通體相符，首尾一貫的為機體結構，它的特色是有結構中心，使結構不散亂，四大小說都是機體結構，如《水滸傳》的結構中心是空間「梁山泊」，所有好漢來自四面八方，最後都被逼上梁山；《金瓶梅》的結構中心是書名中三個女人：潘金蓮、李瓶兒、春梅；《西遊記》的結構中心是事件「取經」，所有的人物出逃後，都會回到取經這件事；《紅樓夢》的結構中心是空間「大觀園」，以此園的興衰及住在裡面的人物為中心。章回小說與西方長篇大多是散體結構：三部曲、四部曲、多部曲的小說是聯鎖結構，自然是長篇；歷險故事與遊記故事，通常是以空間或事件為單位，一事完畢即關閉，一長串的事件與國度聯結在一起，自然也是長篇。

3. 著眼點不同

短篇的著眼點好比使用望遠鏡，主體放大且集中，其他看不見；長篇的著眼點像用顯微鏡，連肉眼看不見的也寫得很清晰。

4. 過場不同

小說的小單位是事件，大單位是時空，短篇在換事件或時空時，都以三言兩語為過場，或用時間作標示「隔天早上」、「過了兩天」、「到了那天下午」，如果時間長了就以「春去秋來又過了三年」之類的句子為標示；而長篇的過場通常講究且較長，如《西遊記》的過場，在孫悟空被壓在五指山下五百年，這時間太長了，總不能以光陰似箭歲月如梭帶過，作者安排了海龍王算命，興風作浪，玉皇大帝要砍他的頭，魏徵為救他邀唐太宗下棋，沒想在夢中砍了他的頭。接著是唐太宗遊地府，詳細描寫地獄的景象，是經典文學中難得的地獄圖，讓我們看見奈河橋，冤死鬼拉住唐太宗要他超度，然後是閻羅王與判官，牛頭馬面，判官偷改他的陽壽，讓他返陽，為超度亡魂，進行盂蘭盆大會，並徵求高僧往西天取經。然後是江流僧的故事，他因父母遭殺害而被棄水中，為寺廟收留而成為高僧，被徵而前往西天取經，然後是五聖的結集。這過場洋洋灑灑，情節與場景恢宏，上天入地，而且十分精彩，讓我們覺得真的過了五百年，這是個漂亮的過場，保留的民俗儀節與神話傳說，可說十分重要。

另一個出色的過場是張愛玲《赤地之戀》，前面寫男主角與女主角到蘇北參加土改，他們彼此原本是清純的大學生，見證了土改與清算鬥爭的恐怖，當地主們的屍體被絞碎，肉塊掛在樹上與田地中，男主角與女主角相遇，兩人在人間地獄中擁抱。下接上海的三反五反，時空與事件的斷裂，作者安排一章，描寫男主角過黃河大鐵橋，這段過場也是神來之筆，寫車將進入鐵橋時，車上尖銳女聲的廣播，說

「我們就要進入偉大的黃河大鐵橋」之類宣傳祖國之偉大，作者藉過橋作為過場，傳達出緊張且尖銳的時代氛圍。

如何寫大長篇

1. 材料要多且厚

大長篇指超過二十萬字以上，它的題材大，人物多，事件紛繁，結構浩大，已不是家族史與成長史、自傳體所能兼包，像金宇澄《繁花》，時間從文革前至現代，人物分好幾批，寫物的細節很多，全書幾乎由對話構成，令人想到《海上花》，作者將吳語國語化，無勞翻譯，一般人都讀得懂。這種寫法，對話一定要寫得好。

2. 結構宏偉

大長篇可以多大呢？像駱以軍的《西夏旅館》近百萬，由西夏歷史與旅館來來去去的旅客為主，交織成個人抒情史與西夏史詩，作者原本擅長的個人抒情史，之前最長不過一、二十萬，加上西夏題材，氣勢恢宏，然要將不相關的兩條線收攏，要嘛寫之前就想好，否則會造成結構斷裂。長篇有些結構線三條以上，這時像織圍巾或編織地毯，一針都錯不得，否則要拆掉重來。

寫長篇不能急，也急不得，以前左拉、杜斯妥也夫斯基，聽說為債所逼，幾個月就能寫出長篇，那也必需在有大靈感之下才能為之。有些在快寫下完成的長篇，是摻了水的中篇或短篇的連綴，它只是字數多，書很厚，算不得長篇。

3. 緩速感

是指小說的速度受情節的控制，以緩速進行，這跟小說的濃度、密度有關，這時的「長」是有其必要的，它的思想容量、情感容量、精神容量是更巨大，有時情節的推展並不是為了解決疑團，解釋懸疑，而是不斷增加疑團，增加懸疑，到結尾時懸疑不但沒解決，反而面臨更多的懸疑，速度在此可謂原地踏步，更或是倒退，這顯示小說的不可完成性，無限性，永無終點。如《紅樓夢》為何未完？作者創造了如此完美的小說世界與人物，如何能讓它們毀滅與死亡？這是不可能的任務，怎麼寫都過不了自己這關，或讀者那關，於是呈現未完的狀態，他是不是寫到人物死去淚流不止，而成為淚書？另外，心理或意識流小說，情節處於靜止的狀態，可說是零速；在語言上的嘉年華與膨脹也會減緩速度，這些都是為什麼長篇是反速度的，極短與短篇是快速的，因而有了差別。

4. 擴充度

長篇小說負有不斷挑戰小說極限的任務，因此各式各樣的實驗與文體嫁接都是許可的，正如巴赫金所說「長篇小說是唯一在形成的體裁，因此它更為深刻、本質、敏感、迅速地反應現實生活本身的形成。」我們現在的生活有多複雜，長篇就有多複雜。跨類，百科全書式，諧擬，超文本……，這些都在擴充長篇的意義。如米蘭昆德拉《生命中不可承受之輕》包含哲學論文、字典、二元對立的情節（靈與肉、輕與重……），及貝多芬交響樂式的七章結構，都在碰觸小說的極限：較複雜的跨類寫作，如石黑一雄、村上春樹，遊走在嚴肅與通俗之間，大概也是意圖綜合兩者的折衷主義，在這點艾可作得更好一些。帕慕克的紅、白、黑三書，更擴充小說的疆域。

臺灣大長篇的復興

1. 大部頭的類型與IP小說

回想二十世紀末，二十一世紀初，大長篇還不太多，短篇小說也很受歡迎，陳雪的《惡女書》、《夢遊一九九四》是短篇集；朱天心的《想我眷村的兄弟們》、《古都》也是中短篇，駱以軍《降生十二星座》是短篇，才不過幾年之間，長篇異軍突起，這跟類型小說、電影或IP小說大都是大長篇有關，《哈利波特》、《魔戒》都是大長篇，阮慶岳寫了「東湖三部曲」，舞鶴寫《餘生》，甘耀明《殺鬼》、駱以軍《西夏旅館》、童偉格寫《西北雨》、陳玉慧《海神家族》……，宣告大長篇小說的來臨，小說家不寫長篇好像無法證明其書寫能力。

2. 國家獎勵大長篇

官方的主導也是重要原因，國藝會長篇小說補助計畫，因獎金高，競爭激烈，剛開始篇幅二、三十萬，後來越交越長，好像沒五十萬已不行，其中出現不少傑作，也有一些只是長與厚的作品，另外許多文學獎也獎勵長篇，金典獎小說獎、紅樓夢小說獎、星雲歷史小說獎，讓長篇這文類成為主流。

3. 歷史小說的復興

從李喬「寒夜三部曲」，東方白《浪淘沙》，臺灣的歷史小說在建構臺灣主體性上扮演著重要地位，它們都是大長篇的格局，前者將家族史背景，追溯自清潮末年，而後者族群與空間多元且廣大，然大抵以漢人歷史為中心。另外陳玉慧《海神家族》、施叔青的臺灣「三部曲」在女性的、庶民的、跨國、民俗上具有挖深的意義；然近十年來的長篇歷史小說，更往明鄭時期、荷蘭與航海故事、原住民與平埔歷史、女性與巫、鄭和下西洋的故事發展，其中原民與平埔題材的史詩化特別蓬勃，原住民與各族群皆加入寫作，巴代、陳耀昌書寫的「牡丹社事件」系列小說、《巴賽風雲》、甘耀明《邦查女孩》、周芬伶《花東婦好》，在忠於歷史的寫法上，更在美學上增添魔幻、後設色彩，讓歷史小說的層次更豐富，而有越演越烈的趨勢。

這波長篇的競逐，會不會出現重要經典？它既是本土的也是國際性的、回顧過去。大長篇的時代常出現重要經典，因此值得特別注意。

大長篇的循環

十七、十八世紀，出現幾部重要經典小說，它們都是大長篇，且題材豐富、特別，《三國演義》以三國歷史與英雄豪傑故事為主軸，《水滸傳》則以官逼民反的梁山泊英雄好漢的故事為主、《金瓶梅》則以女性為主的家庭小說、《紅樓夢》則是神話與寫實兼具的家族史……，令人好奇那是怎樣的時代？

1. 明清小說多是中長篇

明代擬話本還是中、短篇的天下，明清小說則是長篇的盛世，在質與量並進底下，出現四大經典，如臺灣這波長篇熱潮繼續下去，會不為出現新的經典呢？

2. 民初小說出現多部曲小說

五四之後的新文學，先出現的是短篇，如魯迅的《狂人日記》、《吶喊》，盧隱《海濱日記》，再來是中篇丁玲《沙菲女士日記》，之後才出現長篇與多部曲小說：臺灣也是從短篇開始，賴和、楊逵、呂赫若、鍾理和，稍晚才出現吳濁流《亞細亞的孤兒》，鍾理和《笠山農場》、鍾肇政《魯冰花》……，多部曲小說如馮馮的《微曦》三部曲，鍾肇政也有《臺灣人》三部曲，可說晚西方甚多，然似乎越往相反的方向走。

3. 上世紀七零年代是短篇主場

鄉土運動時期小說大多以短篇為主，如陳映真、黃春明、王禎和、楊青矗、王拓……，只有七等生、宋澤萊經營長篇。

4. 上世紀八九零年代是中長篇主場

八零年代政治小說興盛，性別與政治議題最熱門，李昂《殺夫》，黃凡、張大春、林耀德分別有長篇，女性小說家蘇偉貞、袁瓊瓊、廖輝英、施叔青……，可說是女性的天下。

5. 本世紀初是大長篇天下

本世初的大長篇掀開新世紀，它要求的宏偉敘述，是否是為追求一個長篇盛世，以及形成長篇經典？

延伸閱讀：

1. 吳濁流《亞細亞的孤兒》
2. 金宇澄《繁花》

大長篇的書寫計畫

1. 長期蹲點與豐富的經驗或想像力

長篇的準備期較長，也需擬大綱，有些題材需要大量文獻與田野調查、做採訪，寫個三到五年是正常，《紅樓夢》花了至少十年，《追憶似水年華》花了大半輩子；有些快筆，可能花不到一年寫完，那都是為情勢所逼，題材也較小些。並沒有什麼標準數據，該花多長的時間寫大長篇。但可以肯定的是準備不足，寫得過快，或缺乏經驗與想像，越是寫不好。篇幅越長越需要經驗或修改，否則結構會潰散。

2. 跨時空或穿越

雖然純寫實小說已有些老派，在各型態小說還是常常看見，在中國，寫實主義還是主流，但通常會加點魔幻或後設的味道，臺灣經歷過鄉土運動的衝擊，之後中南美洲與後設小說、解構主義的影響之下，純粹的寫實小說已少人寫，從四、五年級小說家張大春、朱天文、朱天心、舞鶴、黃凡……已與寫實有些背離，至五年級邱妙津、袁哲生、黃國峻、駱以軍、賴香吟、黃錦樹……都已走向解構、後設與超現實；世紀初後鄉土的餘緒轉為臺客書寫，那些新世代已與鄉土有距離，使用三C，所以是虛擬化或宅版的寫實，帶著濃濃的懷舊氣息；近十年歷史小說興起，寫實風與妖怪風並進，繼承寫實傳統的如王定國、吳明益，後者結合類型的想像，最能代表新與舊的調和，不那麼新也不那麼舊；胡淑雯的寫實有點早期李昂的況味，但更濃稠一些，批判的意味更濃。

他們的共同點是時空的調度更為自由，穿越在八零年代在魔幻是老梗，在當代已靡然成風。

3. 架空歷史與戰爭

偽歷史或微歷史的來臨，產生架空歷史的美學，這在類型小說最常見，然在嚴肅與通俗越界的時代，歷史已經一再被寫，也一再被改寫，而戰爭題材也因此多了起來。越來越趨緊張的世界局勢，戰爭片與連續劇或許只為一種宅美學而誕生，但在現實上，我們已經身處於戰爭而不知情。

4. 類型與嚴肅文學的交織

以前我們很難想像它們會被認真對待或實踐，嚴肅與類型本是平行線，後來變交叉線，現在已是重疊線了。以石黑一雄來說，他是文學系與創研所出身的正統文學家，他剛開始寫的小說很嚴肅，如《群山淡景》、《無可撫慰》，都可看到經典大師的影子，但至《長路將盡》寫法是隱誨的，題材則是類型的，不能不想到執事類型小說的關聯性。一旦動員到類型想像，任何題材都可挑戰，這好像是一條不歸路，這之後的《別讓我走》是較嚴肅的科幻小說；《夜曲》是浪漫神經喜劇：《難以遺忘的歷史》已是準類型，而且是難看的那種。這讓我們警惕跨界要以不失主體為本。

5. 花園與廢墟，海洋與戰爭為重要主題

兩大史詩一以寫實的海洋戰爭為題材，一以海上漂流奇幻為題材，可說已涵括寫實與超現實風格，後人也在此基礎追求變化與創新，然承平時代已半個多世紀，戰爭原來在小說中已非重點，在世紀之交似有戰神再起的跡象，如魯西迪的《魔鬼詩篇》、石黑一雄的《長路將盡》，後現代文學本來是很難脫離廢墟主題，然他越來越與花園相依附，如帕慕克《看不見的紅》，細畫家畫的是花園圖像，可也是廢墟的影子；原本浪漫的村上春樹在《IQ84》中的祕密宗教像個農場或花園，殺手集團頗有引戰的火藥味，到《發條鳥事件》已與滿洲國歷史與戰爭有關，村上原是一個討論存在的虛無主義者，關注的是個人與異化的關係，在《地下鐵事件》後他對恐怖份子與宗教、戰爭發生興趣，這裡跟時代氛圍有關。而艾可的《布拉格墓園》寫的是仇視猶太人的殺手，墓園是廢墟也是花園，這裡面有歷史、戰爭、花園、廢墟的；更不用說魯西迪的小說，戰爭與恐怖氣氛那麼真實。我們不能怪作家為什麼會那麼寫，只能問這世界到底怎麼了。

大長篇的結構特徵

1. 多線並行，交匯一個大事件引發一連串衝突

如村上春樹《ＩＱ８４》，雖是個愛情故事，卻是以一祕密教團的少女書寫的真實「小人」的故事為開始，那些住在山中的小人，能織成一個繭，讓人生出來。男主角被這故事吸引，約見這小女孩，希望能合寫這故事，書成之後，受到矚目，宗教組織的人也找上他，男主角一直難忘十歲時喜歡的女孩，他們都想著彼此，尋找彼此。女孩長大後成為殺手，被請求殺死宗教組織的教主。故事分三線進行，男主角與少女，女主角與殺手任務，男主角與女主角的回憶與思念。剛開始看以為是青年作家的推理故事，男女主角分開二十年，早已各自天涯，隨著故事的發展，男女主角越來越靠近，終至在一起。此書分上、中、下三部，村上的小說適合年輕人看，可說帶有一點哲思的青少年小說，他的小說男女主角都非常年輕，過六十歲了還能寫《沒有色彩的多崎作和他的巡禮之年》，是校園成長故事，他的讀者也以青年居多；他擅於編故事，整體以愛情寫得最好，人物也俏皮可喜，對話幽默，作為青少年入小說入門書很適合，如想再深化，可選村上龍，他的哲思與筆法更複雜

些。

2. 以眾聲喧譁式的對話構成

最近與臺灣有淵源的大陸青年作家很受討論，一個是胡波（筆名胡遷），他讀導演出身，在臺灣得電影小說獎首獎《大裂》，原本是挖黃金的校園荒誕故事，當時沒引起太大注意，他因此來臺灣一陣子，認識一些臺灣作家，《大裂》改寫為劇作家來臺灣找女友，她已移情別戀，最後跟著旅行團到花蓮看大象，大象悲傷地席地而坐；之後王小帥找他拍電影，拍的故事已與之前大有不同，描寫四個各自絕望的人，乘巴士到滿州里看大象的故事。片子長四小時，後因與王小帥產生歧見與壓力，二十九歲自殺。他死後電影得金馬獎最佳導演與劇本。我注意的是他的中短篇小說集《大裂》，意匠奇巧，對話簡鍊，類型小說出身，後來寫的是嚴肅小說；另一個雙雪濤也是學編導出身，在臺灣得電影小說獎《翅鬼》，是奇幻故事，也來過臺灣，後來紅回大陸，他的小說已不是老套的魔幻寫實，而像一把利刃切分小說，人性鮮血淋漓，這兩位作家都已非典型大陸寫實作家，多了一些抒情傳統，可說結合兩岸的優勢，因此未來的作家不能再劃地自限。

另一本帶有抒情傳統的大長篇是金宇澄《繁花》，通篇是對話，從一開始兩個相遇的人講話，年輕人說結婚很累，每晚都被翻來翻去，如此從市井小民寫到新貴大老闆，從文革前的繁華寫到文革後的破敗，又從破敗寫到開放後的繁華，人物紛繁，千頭萬緒，可寫活了許多人物，大時空的人物如何用對話編織呢？他使用了方言，讓人物的語言更貼生活，延續前輩的上海書寫傳統；如《海上花列傳》是小時空，時間在春天到秋天，空間不出公寓集中的四馬路與靜安公園附近，而《繁花》的時間大約五十年，空間跨出上海到江南與東北，更接近大長篇的格局。他用三個主角來串，一是富貴被清算的阿寶與幹部青年與勞動之子，階級在這裡是圍牆，也是通道，因為一場革命，圍牆倒塌了，變成四通八達的通道，人物四處逃竄，家庭分崩離析，沒有人例外，然全書無悲慘之狀的描寫，而是隔著距離看卷軸一般，如詩如畫，小人物尤其鮮活。最重要的是他讓人聽得懂上海話，就這點它超越了《海上花列傳》。

3. 自我指涉的歷史小說

舞鶴在上世紀末寫的《餘生》，描寫第二次霧社事件，川中島的故事，以兩線交織，一條是第一人稱的小說家來到川中島進行口述歷史，一條是莫那魯道的孫女追溯先人的事蹟，歷史以碎片化、荒誕化、日常性進行，事件也並無真相，只有川中島的餘生者淡然地活著。與其說它是歷史小說，不如說是作者進入這事件的空間，感到的空虛與荒誕，悲傷無法描述，悲劇已化為紀念碑，人還是要淡淡地活下去。因第一人稱的書寫，抒情的意味濃厚，解構性地拼湊史事，與其說它是歷史小說，不如說是以作者之眼自我指涉的後設小說。

4. 拼圖多角度觀點

帕慕克《我的名字叫紅》，由細畫家畫出的畫，畫中人物牽涉這一樁謀殺案，他以畫中的每個人物與物件的角度，描寫了這事件的多面性，與人性的多面性，看似推理小說，卻組構了奇異的小說世界，有時進入，有時抽離，如真又似幻的觀看感覺，讓人耳目一新，又表現穆斯林文化的特色，是既新穎又傳統的小說編織手法。

大長篇的未來

1. 有道理的長

目前的長篇雖數量多，但真正的大長篇真不多。有些長至五、六十萬的長篇，其實是中短篇的延長。大長篇除了追回大型史詩的傳統，應有恢宏的主題，才能撐得起架構。在長度上應隨著大主題而有道理的長，那些沒道理的長，在結構上會成散體，在節奏上也拖沓。

2. 長時間的經營

現在已很少人用較長的時間經營大長篇，有時為了配合計劃，二至三年即寫成，對大長篇來說太急促了。以前的人花十年寫大長篇的精神已不再，我覺得從前置到執行，以三十萬為例，至少三年完成，五十萬就要五年至十年了。托爾斯泰的《戰爭與和平》、石黑一雄《無可撫慰》、李喬《寒夜三部曲》都花了十年，為什麼是十年？慢寫再修改，差不多就要這些時間。像我好不容易練成快手，第一稿《花東婦好》只花了半年，原定的兩個南方城鎮的興衰史，因為題材熟悉，寫很快，但六七萬就寫完了。擱置一陣子再加上後設，網路小說家也正在寫一部《花東婦好》的小說，就這樣衝到十幾萬字，是可以出書了，當時雜誌拍了封面也刊登一部分，但我覺得小說不夠好，如果硬出也可以，就是個小長篇，這時大約是五年。但實在不好就擱下了，之後到香港，換了空間，感覺不一樣，有一天早晨打開電腦出現一個開頭的畫面，之後變成一個跨時空的大長篇，花園、戰爭、海洋、廢墟，巫、文字、疾病、瘋狂、兩岸，我花了五年才找到對的頭，對的方向，這樣大時空、大題材的調度，應該要寫五十萬，但我用一種省略的方式，將密度提高，讓它不要太長。這時做田野拆掉舊的重新來，花三年，每天做女媧補天的工作，篇幅到了二十幾萬，但幾條線扣不起來，又擱置了一段時間，後來想到方法，結構重新調整，再細修，這時接近三十萬。這麼大的題材這是最精簡的作法了，時間很自然地到十年，就是剛剛好的時間，我從盛年寫到初老，是一條漫漫長路。走過這條路，對長篇更瞭解，它是緩慢的藝術，越不急越寫得細。我沒覺得自己寫得好，只是用自己的例子更貼。

3. 大而美

長篇，尤其是大長篇，一但寫長，作者會埋頭苦幹，陷入自己的世界，讀者能否進入已管不著。但長篇這麼長，如果不存在誘力或魅力，如何讓人讀得完，更多的狀況是進不去，要不半途而廢，這時長篇成為巨大的怪獸，讓人望而生畏。我覺得細節多，故事時有趣點或幽默，或者人物活氣氛美，寫得有生氣，如果洩氣，自己也覺無法樂在其中。好的長篇，作者先樂在其中，讀者自然也樂在其中。

延伸閱讀

1. 石黑一雄《無可撫慰》
2. 周芬伶《花東婦好》

五、小說的元素

人物篇

如果說情節是戲劇的靈魂，小說的靈魂則是人物，小說是人的藝術，小說家除了創造活的世界，還必須寫活在其中的人。人物的活法分為全死、半死、半活、全活，全死的人物只有一個名字，感覺不到他活著；半死的人物，讀的時候，好像很活躍，事實上完全記不住；全活的人物，就算闔上書，人物的影像十分鮮明，甚至比真人還鮮活，這些人物有種不朽性，可以確定的是等我們都死了，許多人也死了，他們還活著。他們已進入民族的畫廊，成為長存的臉譜。

因此，小說家的第一要務是把人物寫活，要寫活一個人物，必需看過千百個人物，小說人物來自真實世界，但他並非單一或特定的人，而是綜合的形象，至少經過作者的折射，他是主觀與客觀的產物。

人物，在英文稱為character，它有角色也有個性的意思，這說明具有個性的角色才能稱其為人物，character等於choice，它包涵三個層面的選擇，第一個層面的選擇是，你選擇什麼樣的人物作為你的小說人物，第二個層面的選擇是，你選擇什麼樣的特性作為他的個性，所謂特性是只有一或兩個特徵，如果太多就不能叫特性了。你不能讓人物又勇敢又自卑又暴力又溫柔，只能選擇一主要特性作為他的主個性，其他都是搭配的；第三個層面的選擇是人物如何作選擇。

選擇最能反映一個人物的個性，有的人要魚，有的人要掌；有人魚與熊掌都要，有人是不願作選擇，或者不選擇，後者更有趣味一些，如賈寶玉不選擇，他只要女孩兒，人人皆好，一樣多情，外表是這樣，內心是有選擇的，弱水三千只取一瓢飲，但他不敢說出來，一說出來就會成為悲劇，果然黛玉沒聽見，讓襲人聽見了，她馬上去通風報訊，結果悲劇真的發生了。這反應了寶玉的兩面性，多情是其一面，專情才是他的特性，當特性慢慢浮現時，人物就有了記憶點。

小說家平常都很注意觀察，有些還會寫觀察筆記，就連杜斯妥也夫斯基也有觀察人物並紀錄的習慣，有一天他在清晨看見一對父子朝他走來，他的筆記記錄著從那對父子的穿著模樣正要去上教堂，而兒子的皮鞋底都穿幫了，他的母親或已不在了，從父親的手關節來看，他是個工人，而且是木工；作完禮拜，他們會去姑姑家，但姑姑很窮，他們坐了半天，只喝了一些茶，沒吃什麼東西就回來了。有個好奇的記者，一一去比對，結果命中率高達百分之九十五。

作家難道是算命師？他們起碼是半個算命師，我認識的許多小說家都喜歡給人算命，這是理解與觀察的途逕之一，在算命中順便看人，發揮想像，但不一定都會寫，不用害怕，真正要寫的，算命也不充分，小說家只是對人有著探索的熱情，正在累積他的人性知識。詩人寫活異質的語言，散文寫活自己，小說則要寫活自己與他人。散文是自我之書，小說則是他人之書。

人物有類型人物、典型人物、符號人物，早期的小說與戲曲大多是類型人物，英雄、僕從與壞人、公主、女僕、奶娘；在中國戲曲則是生、旦、淨、末、丑，小說是書生、千金、丫鬟、員外、夫人……，慢慢的人物變成典型人物，他們是複合人物，也是活人物；至現代主義之後，人物變成代碼，如卡夫卡小說的K，他們跟過往的人物都不同，是被異化的人物象徵。

寫活一個人物需要動機處裡，為他找出行動的強烈動機，如《大亨小傳》中的考司比，他對戴西的癡迷，導致他追求財富，並在富有後在戴西家的對岸買下房子，每晚望著戴西家發出的亮光發呆，最後被美麗的戴西欺騙，死於槍下。他愛戴西除了她的美麗，就是她銀鈴般的聲音，彷彿有銀幣在響，那是財富的象徵，因此他先追求財富，再追求戴西。他是如此浪漫，以致眼盲心盲導致悲劇。愛情與財富是他的強烈動機，處理動機之後就是情緒醞釀，醞釀越充分，人物就越生動與深刻，因此成功人物＝動機處理＋情緒醞釀＋創造性表現。

在小說萌芽期，也就是聽的小說時期，說故事者在故事裡，大多不太注重人物刻劃，因為彼時，故事中的人物真實性，極易為讀者或觀眾肯定，就像我們今日閱讀新聞報導一樣，總認為故事中的人物是真有其人，確有其事。小說發展到現代，藝術的虛構與想像越受重視，因此小說家同情地理解他人，使自己與別人打成一片，以及觀察入微的心靈能力或第六感，乃小說家情感上的大秉賦，非如此你筆下的人物就缺乏生動之效和虎虎生氣的活力，非如此你就無法深入人物的內心世界，描摩他的言談舉止音容笑貌，非如此你就無法設身處地寫出他們那種情境中可能出現的情緒反應和可能的感受。

刻劃人物的方法分為直接刻劃與間接刻劃，直接刻劃是作者藉自己的嘴說出人物的個性；間接刻劃是讓人物自行表現。間接刻劃有以下幾種方法：

1. 對話

讓人物自己說話比作者替人物說話好，不管是人物與人物之間的對話，或內心獨白，都能展現人物的個性，甚至更有距離美的是，旁人對人物的評論更能展現人物的側面，如《娜娜》在女主角上場之前，先有觀眾對她的種種議論，說她如何美貌，將作近裸的大膽表演，讓我們期待女主角的出現，等她上場時，描寫觀眾為她的表演瘋狂，塑造一代優伶的驚世駭俗形貌：又譬如賈寶玉在上場前，經由眾人之口，說府中有個渾世魔王，銜玉而生，如何如何特別，等他上場時透過黛玉的眼光，不過是個漂亮的小孩子，一見面就說：「這個妹妹我見過。」又為她取了小名「顰顰」，然後問她可有佩玉，黛玉回說沒有，他馬上演出摔玉一節，這些對話讓我們對這人物充滿好奇，他說話親切又無釐頭，顯現了他的真與痴，還有任性，讓我們知道混世魔王的雙面性，那是神魔一體，卻也是充滿魅力的個性與形象，一上場就十分吸睛。

2. 動作

為人物設計一個戲劇舞臺，讓他們自行表演，他們可以說也可以唱作，或有些習慣性的小動作，如張愛玲〈傾城之戀〉中的白流蘇，她擅於低頭，也擅於喬裝作致，讓范柳原神魂顛倒：又如白先勇〈遊園驚夢〉中，裡面的女主角，以前是個崑曲名角，在年華老去後在宴會與軍官重唱《遊園驚夢》，在過往與現在的時空來回，情感在演唱中重燃，成為戲中戲的場面，人物的唱與作，甚至歌詞與眼神都有戲，人物的心靈與形象飽滿鮮明，這是人物入戲，作者也入戲了，作者應是半個戲子，在小說的舞臺上扮演各種角色。

3. 夢境

夢境的描寫是深層意識與慾望的描寫，為小說帶來超現實的色彩，但在短篇中盡量少使用，畢竟讓情節逸出，如果夢境描寫不夠精彩，反而成為敗筆，米蘭昆德拉的《笑忘書》，就是一半現實一半夢境交織而成；《紅樓夢》中描寫重要人物的夢，總有幾十個，可以說是「夢書」。

4. 心理描寫

心理描寫雖是作者的說明，但人物一旦進入心理，事實上也是超現實，因為沒有人能進入誰的內心，小說家進入人物內心，讓我們知道他的喜怒哀樂，或不為人知的情感與思想，讓人物更具有生命。

舉例：

只要是晴天，午後常見一位皮膚黝黑的中年婦人推著老太太到公園來。她坐在一張輕便的藍色帆布輪椅上，銀灰色的短髮自右梳向左側，雖不豐厚，也不稀疏，就那麼服服貼貼地覆在頭上，陽光下微微發亮。她的額頭飽滿平滑，看不到一絲皺紋，淡淡的雙眉，中規中矩地開展在額頭下，其間一片坦然。眉下有些浮腫，上、下眼袋隱約圍成個圈，邊緣看不見紋路。好一張舒坦的眉目，幾乎完全顯不出歲月刻劃的痕跡。白皙的耳輪之下，方見層層鬆垮的皮膚，一路綿延到下巴，像是一群倒懸的小山丘，這才洩漏了滄桑。幾個孩子在公園裡嘻笑追逐，歡呼著溜下滑梯，媽媽們坐在一旁聊天，幾隻狗兒在周圍晃蕩，老太太靜靜地坐在樹蔭下。

老太太身上穿了一件雪白的襯衫，外面披了一件薄薄的藍毛衣，著深藍色長褲、白襪、黑皮鞋，像是哪個女中的制服。敞開的領口露出清瘦、鬆弛的頸項，微一轉頭，就牽引出幾層帷幕。一雙手露在衣袖外，輕輕地擱在腿上，右手微彎，左手握著，拇指按在食指的骨節上，久久沒有動靜。她的十指依然修長，但滿布著皺紋，乾薄的皮膚覆蓋在青筋浮現的手背上，骨骼依稀可見。陪坐一旁的婦人輕輕地抬起她的右手，放在自己的掌中，鬆開、撫平，來回在手背上摩擦，再慢慢揉著一個個僵硬的指節，接著按摩左手。她睜開雙眼，閃爍著清澈的目光，溫柔地對身旁的婦人說：「謝謝妳。」

夕陽西斜，初秋的黃昏起了涼意，老太太的髮絲給風吹得飄揚了起來，婦人替她戴上帽子，用濃濃的菲律賓腔說：「我們回家吧。」

延伸閱讀與習作：

1. 白先勇《遊園驚夢》
2. 觀察與人物素描

素描基礎

素描基礎經常是把人物放在作者的直接刻劃中來談，即人物自身端然不動，由獨具隻眼的作者憑自己的趣味判斷找出人物的特點與個性。看一個小說家刻劃人物的高低，先看他的素描基礎如何。素描基礎在於撇開枝節突出特徵，所以素描之首要是抓住特徵。

人物素描以採取形象思維的概括方式較為有效，以下舉三個例子：

1. 狄更斯的《塊肉餘生錄》中有個Hepp是個簡單人物，他不過是小書記，可是當主角大衛坐車抵達律師事務所，他看到Hepp的第一印象是謙遜過度（那個很老實的矮鬼，彎腰鞠躬超過九十度），第二個印象是拉手時，他的手又濕又冷，好像抓到一頭蛇，而這個人就是最後吞掉岳父所有的這棟樓的人。

這個人物的素描重點即是「過度謙遜」，只要簡單幾筆勾勒即可，因為他只是為襯托主角而生，並不是原型人物，但也不完全扁平。

2. 托爾斯泰《戰爭與和平》中的布列東，是個鄉下菜農，長得矮矮瘦瘦，性格純樸，善良勤儉。卡拉東除了念主禱文之外，不太會說話，只要一開口便不知如何收束。在集中營裡，有位善良的老太太送他一條碎布，他感謝了半天，囉哩囉唆講了一大串，他跟皮爾伯爵說：「你們是大人物啊！不知我這個碎布可以做一雙裹腳布。」

這種以素描勾勒的人物，並非原形人物，多半是扁平人物，在素描中通常不顯現他整個人格，而只具現某一特質或意念。而真正具有功力的素描家，縱使是簡單人物，也會使用對比設計，讓他們的形象更突出，他是為襯托皮爾而生，當皮爾被抓進集中營時，又冷又餓，布列東在他的襪子中掏出一個又冷又硬的饅頭說：「這位有錢的先生，現在把這塊饅頭吃了吧！」若無這塊饅頭，皮爾當天搞不好就會死掉。布列東還送他半床破毯子，為此他死於撤退的暴風雪中。

3. 左拉《娜娜》，作者在第一章描寫娜娜在萬象劇院演唱，演唱後跟她來往的有大使、公侯，而她卻偏愛八流丑角布羅登，他長得像一隻猿猴，有一隻又扁又大的鼻子，而最好的德行是專門打娜娜，作者描寫「在一個禮拜內，巴掌打人的聲音永遠像鐘聲滴答滴答一樣，定期地在空氣中飄盪」他們就用這種週期性的聲音來調節他們的生活，娜娜被打後，就變得像一塊上等布料那樣柔軟細膩，說來也奇怪，皮膚反倒越來越柔嫩，紅是紅，白是白，摸上去滑軟，看上去爽眼，反而比以前更漂亮了。

對比設計

對比又叫對照，是鼓舞人生的無形因素，也是讓人生充滿情趣的催化劑。

主要是因為的的心腦排斥單調，因此對照並不僅在人物刻劃上使用，日常生活中也有許多地方有這種需求，人類文明越高度發展，對對比平衡的需要也越殷切，如工作與休閒，動與靜的配合，人心需求根植於追求異與同的習性，當人心並無異同的感受時，也就是受困於單調，如有才智的男人遭監禁；敏感的女人在與世隔絕的農地上從事刻板的工作，他們都可能因瘋狂而自毀。

對比設計除了打破單調、保持興趣之外，還能加強效果，如你吃甜的再吃酸的，甜味會使酸度加強到難以忍受的程度。對比設計在小說寫作上的用途至少有五項：

1. 人物刻劃

2. 場景安排（如暴風雨前的寧靜）
3. 通過危險與安全的對比去布置懸疑
4. 通過情節的輕鬆與緊張製造戲劇性衝突
5. 通過情節的對比（如悲喜、美醜、真假……）激發讀者的興趣，以提高興趣。

用扁平人物來襯托原形人物，或用簡單人物來襯托複雜人物，這是人物刻劃上最常用的一途，也是行之有效的路，速寫簡單人物時，可以運用人物的造型、性格及不同的談吐舉止，好像一面放大鏡，通過它更能看出複雜人物的個性，也能增加小說的趣味性。簡單人物有時也存在一種公式，最常見的是：

1. 高貴的野蠻人，如《魯賓孫漂流記》中的星期五。
2. 聰明的笨伯，如以撒辛格《傻子金寶》中的金寶。
3. 值得信賴的老婦人，如《紅樓夢》中的劉姥姥。
4. 又臭又硬的漢子，如《紅樓夢》中的焦大。
5. 小丑或類小丑，如《儒林外史》中的范進或《紅樓夢》中的傻大姐。

延伸閱讀：

1. 歐文《李伯大夢》
2. 白先勇《遊園驚夢》

人物刻劃與動機處理

你所寫的小說之所以不能讓讀者信以為真，或缺乏說服力，主要的原因是你所寫的人物，在行動上缺少動機，這些沒有動機的行動可以說是無事忙，使讀者不斷疑惑，他到底在作什麼？動機在人物刻劃中，是人物行為的發動機，也是行為的跳板，如果缺乏動機，人物就會變成紙剪的卡通人物，小說裡的結構方式跟我們實際人生的行為方式，大致相同，可以說：

動機＋主要個性＋支配性情緒＝問題與行為

《傀儡家庭》中的女主角娜拉，她的動機是救丈夫，個性是能幹、善良、裝可愛，支配性情緒是失望與幻滅，它的問題與行為是爭吵與離家，動機越強大，行為越合理，人物的個性更為鮮明；如張愛玲〈傾城之戀〉中的白流蘇，她的動機是找個金龜婿，主要個性是做作、迂迴，支配性情緒是求真愛的困難，問題與行為是戰爭解救了她。

在日常經驗中，不管是什麼行為，行為之後都自覺或不自覺地潛伏著動機，出自Ego（自我）的行為是自覺的，目標明確，出自Id（本我）的行為是不自覺的，後者的動機比前者強烈，心理學家把這種具有驅力的行動分為五類：

1. 求生慾
2. 性慾
3. 信仰慾
4. 權力慾
5. 社交慾

羅素曾經說過；「在人類歷史上從未絕過種的有兩樣，第一是人類的愚蠢，第二是權力擴張的慾望。」我們所有的行為直接或間接地為這些動力所驅策。

動機賦予人物奔向目標的元氣和能力，換言之，如果你賦予人物有力穩健的動機，他就會朝著目標快速地向前，如此故事的開展自然節奏明快，私毫不會顯得勉強而做作，如果不然，你的人物會出現兩種情況：

1. 出現的英雄人物動機荏弱，他對自身的成敗無所縈心，壞蛋做壞事的動機也是糢糊不清，你向讀者交代的因果也是一筆糊塗帳。既然這篇小說的作家，對於人物漠不關心，讀者對這篇小說的反應也會漠不關心，結果是他把書闔上。

2. 如果你的故事情節經常是徘徊不前，不管你對人物的描寫用了多少字，你的故事總是糾纏不清讓讀者生厭。也必須當心虛假的動機，它會讓你的小說看來矯揉做作，人物的行為極為勉強，如英雄片動不動就以拯救世界或宇宙為動機，英雄由白人男子變成白人女子，現在是有色人種的天下，然他的幕後工作者還是白人的天下，到底誰在拯救誰？

如果要使你的筆下人物生動，就該讓他憑著自己的力量大步向前，你賦予人物自然合理的動機，就像細胞裡的細胞核，該人物就會繞著它而成熟立體，呈現人物的個性，除了動機還有別的因素影響著一切，然而動機實在是構成性格不可或缺的主導因素。

動機的強弱也影響著小說力量的強弱，如我們以一個名叫李文的女孩作為中心人物，張立是全鎮條件最好的單身男子，李文的目標是獲得張立的注意、讚許與愛，而他們的婚戀故事可分三個層次來講：

1. 廉價汽油

李文的動機—欲顯示她比城裡任何小姐都聰明漂亮

形象—自私、淺薄

效果—本質荏弱、反派角色

2. 普通汽油

李文的動機—尋找終身的幸福，並使張立快樂，使兩人能共同過正常而有意義的生活

形象—平庸

效果—情節平凡、缺乏吸引力

3. 高級汽油

李文的動機—阻止一個妖婦貪他的錢財想嫁給他，李文一方面出於真愛；一方面欲使他擺脫那妖婦的糾纏，因為，如果妖婦得逞，勢必毀了他一生

形象—善良、勇敢

效果—具有張力

關於動機的善惡問題，作家通常以一般大眾所能接受的道德標準去決定善與惡的動機，讀者對於小說要求的道德標準通常是較苛求的，因而英雄人物最好偏向善的動機，壞蛋則偏向惡的動機。英雄人物允許有黑暗面、脆弱面，但動機主要是良善的，如卡夫卡的《變形記》，主角由一個推銷員變成一條蟲，他充滿陰暗的心思，最後因為愛他的家人，選擇讓自己死去。

必須說明的是動機並非動作，在小說中，有時人物不免違法犯禁，只要他的動機是善的、利他的，都不會降低他的感染力，如卡謬的《異鄉人》中的男主角，他對父親的死冷漠以對，在葬禮中感到不耐煩，葬禮一結束就去嫖妓，接著殺了兩個阿拉伯人，在法庭中不認罪，在神父前不願懺悔，如此悖德的人物，為什麼讀者能接受呢？主要是主角的悖德來自虛無，疏離、反抗世俗，他的叛逆來自於他的思想，至少他忠於自己，不願被任何道德法律限制，讓讀者引起反思，所謂的道德，絕非孝道或法律所能規範，一個追求自由的人，寧願以死來對抗一切，最後他安然接受死亡。這個叛逆的人物讓我們反思，一個追求真理的人，有時不見容於社會，這個隨機殺人犯，他最大的動機是沒有動機，因為活著是荒謬，人必須從荒謬中覺醒。

延伸閱讀：

1. 易卜生《傀儡家庭》
2. 卡謬《異鄉人》

人物刻劃與情緒醞釀

小說的表現不外乎人情，小說的動力不外乎人性，人性並不複雜也不玄虛，人性在假面具與文化教養之下，包含兩組因子：

1. 人的基本需要：也就是動物性本能，食與色，尋求快樂逃避痛苦、危險，這些都出自我們的本能，它們是不假思索，與生俱來的。
2. 人的基本情緒：也可說是人的本能，指的是喜怒哀樂，動物也有喜怒哀樂，但表現出來不像人這麼明顯，人的情緒特徵除了表達鮮明，而且常常表達恰如其分。

人性即由動物本能加上人的本能構成的，如果人性表達在人與人之間就是人情了。

每個生物都不斷地努力以求增進本身的生趣，生趣減少會導致痛苦，大多數人閱讀小說，觀賞電影、戲劇，因受到感動所獲致的生趣，較之他們憑肉體的感受或內心活動所獲得的更為強烈。在許多時刻，人們具有超脫肉體感受的能力，然而他們大多不能控制本身的情緒，不論正面或負面的，有時人們甚至可以為了情緒；或滿足情緒上的需要而罔顧肉體感受，如為理想或愛情赴湯蹈火。對於多數人，在情緒中任情縱性，他們會覺得活得更美滿更有生氣。

為了追求更強烈的生趣，人們需要體驗各種情感、慾望、忿恨、恐懼、希望、懸疑、好奇，乃至於悲傷……，可是現實人生的條件不能給予他們所需要的各種情緒感受，於是他們求助於作家，讓作家來滿足他們的需要，而作家有何過人之處呢？他們任務便是以筆下的人物情緒喚起讀者的情緒。

現代人寧願讓作家滿足他們的需求，這是作家至今沒有絕種的原因，如最近熱播的夯劇《我們與惡的距離》，隨機殺人的事件雖然一般人很少遇到，但是殺害者與受害者的情緒是如何複雜、強大，劇作家以曾發生過的事件為藍本，探討無良媒體的濫報，更是一種隨機殺人，而法律殺人算不算殺人呢？人們在這些命題中感受著當事人的感受，作家成功地喚起觀眾的情緒。以人物的情緒表現喚起讀者的情緒感應這就是感染力的來源。

討論情緒，就要討論情緒流，它包含小說人物的情緒與讀者感受的情緒兩道，這兩道可能是相似也可能是相反的，然而，絕對疊合的情況幾乎不存在。

如霍桑的《紅字》在開端的部分介紹有一些長了鬍鬚的男人戴著尖帽，穿灰色囚衣，一些光頭的女人，他們都住在橡木造的屋子裡，門鑲嵌鐵塊，這些建築物是殖民地的人為了追求博愛與自由，因而創造的烏托邦，他們的追求產生兩樣東西，一是公墓，一是牢堡。

這段文字，現在的美國人讀了心裡可能會不舒服，因此這兩道情緒流並不相同，作家的職責在製造並引導這兩股情緒流，但在導引中絕對不能忘記，他的主要目標在製造讀者的情緒，人物的情緒只是為了達到目的的手段，人物情緒本身並非目的，就讀者而言，小說中人物彼此之間情緒與感受，是經由不斷累積才產生效果，累積效果由情緒醞釀而取得，而情緒醞釀是小說中衝突的基石，人物與人物經由不斷衝突而累積情緒，它並非一時一刻所能造成，只有不斷累積，才產生情緒醞釀。

因此人物的個性加上小說中的支配性情緒，經常決定小說情節的開展，例如：

李文愛上張立，而他是林萍的未婚夫。李文如何排遣自己的單相思係依最能代表她性格的主要特性與支配性情緒而定，如果她是個富有理性的人，她可能接受此一事實；如果她具有利他的傾向，她可能會將愛情昇華，轉而成為他的朋友，並助他成功，或者在追求其他事業目標上求發洩；如果她的支配性情緒是妒忌，她可能進行一切破壞，導致同歸於盡。

如此，人物的情緒不但影響讀者的興趣，情節發展也受其牽制，因此作家在寫小說之前，應該慎重考慮他所要製造的情緒基調，為人物個性「定調子」。在開端部分即有相當暗示，從你的場景氣氛即可捉摸出來，定基調時，有些是對照性情緒的愛與恨；有些是個性上的對照，如大方與小氣，從製造人物對其他人物的感受，可以製造情緒基調，直到感染讀者的感受為止，我們皆必須相當注意。有個假定是讀者的情緒流經常受人物情緒支配，小說才能讓我們哭笑與等待。

決定人物情緒的既是小說人物的主要特性，及他在特定情境下所爆發的支配性情緒，因此作家要喚起讀者情緒，首先應具備鮮明地呈現人物性格的能力，他第一步要作的是選擇人物的主要特性與支配性情緒。其次是決定呈現此個性的情緒與事件，作者必須注意要使讀者滿意的效果包含三重點，一是必然，二是合理，三是可信，因此小說才能讓讀者信以為真。

運用小說中的事件與情勢喚起讀者喜、怒、哀、樂，在事件與情勢中至少具備兩個成分：

1. 兩個人物對立：如《傲慢與偏見》中的男女主角達賽與依莉莎白，第一次見面，互看不順眼，在情緒上一個是偏見，一個是傲慢，這兩種情緒越滾越大，誤會越來越深，以致達賽向依莉莎白求婚時被拒。達賽在舞會中不願邀依莉莎白跳舞，還認為她長得不算美麗，讓依莉莎白受傷而產生偏見。但達賽越瞭解依莉莎白就越受她吸引。當他求愛時，依莉莎白斷然拒絕，覺得他是在羞辱她，因他提及她父母的勢利及妹妹們的缺乏教養。直至妹妹與軍官私奔，而達賽是暗中勸阻及幫助的人，依莉莎白才理解他的為人正直，也漸漸愛上他，達賽的傲慢固然傷人，依莉莎白的偏見也會一時眼盲心盲，這篇小說的犀利之處正是抓準兩種個性，也可說是兩種情緒的對立。

2. 一個人物與某種環境、勢力的對立：如海明威《老人與海》中的老漁夫，以前是拳擊好手，但他年老體衰，已經很久沒有捕到一條魚，當他鼓起勇氣再出海時，在大海上等待多日，沒有魚的蹤跡，好不容易魚上鉤了，卻是一條超級大魚，他拉不動牠，只能任牠拖著他走，他的手都磨破了，人也疲倦了，但他絕不放棄，結果魚拖回岸上，只剩一具骨骸。老漁夫的行動很少，情緒的轉折卻很複雜，他沉緬在過去的種種美好時刻。這部小說被翻拍成電影，兩小時只見一老人跟一條船、一條魚在大海上，幾乎沒什麼故事與變化，真是很想睡的電影，就這點而言，電影對情緒的捕捉，有不可及之處。

讀者對小說人物的情緒感受並非瞬息之間可以達成，它是經由累積得來的，作家必須靠一個又一個的事件，一個接一個的動作，來保持他對人物的情緒感應；而讀者讀小說的主要理由是半直覺或不自覺地接受情緒感應，故真正的作家必須懂得如何讓人物在不斷發生的事件中累積情緒，經由一再的衝突，人物的情緒累積到高點，讓情節節節高升至頂點。

延伸閱讀：

1. 珍奧斯丁《理性與感性》
2. 梅爾威爾《白鯨記》

情節篇

情節Plot有兩個意思，一是骨架，一是結構，結構大於骨架。情節是作家的編織術，小說以事件為單位，在一個又一個事件中發生衝突，衝突不斷升高直至高潮。亞里斯多德說情節等於衝突＋解決。在現實生活中有許多衝突，通常以沒有解決，不了了之為多，但在小說中一定要有解決，解決越圓滿，越讓人滿意。有人說寫小說就是拚命丟石頭，讓人躲無可躲，爬到樹上，再丟石頭把他打下來，打上去容易，打下來卻困難。

情節大抵要追求幾個原則：

1. 驚喜

好的情節根植於情理之中，結局於意料之外，故而讓我們驚喜；壞的情節根植於情理之外，結局於意料之中，譬如連續劇為了拖戲，常出現不合理的情節，車禍、絕症、私生子……，讓人一面看一面罵，如果他的人物成功，我們還能忍受，因此罵了還是要追，如果人物不成功，一定轉臺。然好的情節就算平淡，還是讓我們驚讓我們喜。如王安憶《富萍》，富萍原是女傭的小媳婦，地位低下，被帶進城裡，原是要跟他兒子完婚，富萍不願意出走了，去找四處流浪的鐵殼船船民舅舅一家，在船上過了一段時間，這裡的人雖窮，講情講義，守望相助，富萍原是默默不出聲的人，現在她能打開心與人交流，也看到小人物的自足與快樂，她找到她想要的人生，也有了自信，她要走自己的人生。下了船她打算解除婚約，過自己的人生。富萍原是上海這現實社會沒身分的人，她比那些阿嬤們更邊緣，可當她走到更邊緣，發現人生不但不絕望，還充滿希望。這樣的情節峰迴路轉，但合情合理，結局更讓人驚喜。

2. 真實

小說追求三種效果，感覺效果、情緒效果、理性效果。感覺效果要求真實感，情緒效果要求感染力，理性效果要求啟示性，後兩種效果都要建立在真實感上，情節的真實感是由作者生動的描寫構成的，我喜歡Vivid這個字，是充滿生命力、活力的意思，而生動的描寫必須合情合理，如此才具備可信度。

3. 自然

健全的情節發展如同樹的生長，開枝散葉，沒有造作或刻意的痕跡。情節會怎麼發展跟人物有密切關係，什麼樣的人物就會發生什麼樣的情節，如善妒的奧賽羅，原是英勇的統帥，卻讓妒忌與疑心蒙蔽了眼睛，並聽信他人的挑撥，殺了深愛自己的妻子，情節發展合情合理，並且自然。

4. 懸疑

在情節中埋下伏筆，故布疑陣，讓情節更引人入勝，讓我們讀到後來恍然大悟，因而造成首尾呼應的效果，如安娜卡列尼娜在小說開頭坐火車到哥哥家幫忙處理家庭糾紛，在車站邂逅年輕的軍官，因而展開瘋狂的激情，最後安娜失去一切，情郎變心，她臥軌自殺，紅色的皮包、衣服、鮮血散落一地，首尾呼應，而初遇時的那場濃霧也暗示著盲目或恐怖，讓小說氣氛十分濃厚。

寫小說需要題材，好的題材是成功的一半，好題材是指小說家找到自己擅長而且具有新意的故事，然而好題材不等於好故事，好故事也不等於編故事，你要為值得一寫的人物而寫，不要為值得一寫的故事而寫，因為太陽底下沒有新鮮事，情節有可能陷入一種套路，有人就歸納情節的模式，只有三十六種，也只有三十六種，而人物卻有無數種。

法國劇作家提供故事情節三十六種，強調人生的味道，盡在這裡了。即：

1. 求告：如張愛玲《半生緣》
2. 援救：如《敦克爾克大撤退》
3. 復仇：如《基度山恩仇記》
4. 骨肉間的報復：如莎士比亞《李爾王》
5. 逋逃：如《水滸傳》
6. 災禍：如《安蒂岡妮》
7. 不幸：如希臘悲劇《梅迪亞》
8. 革命：如《齊瓦哥醫生》
9. 壯舉：如《三國演義》
10. 綁劫：如傅敖斯《蝴蝶春夢》
11. 釋謎：如《奧德賽》
12. 取求：如《西遊記》
13. 骨肉間的仇恨：如張愛玲《易經》

14. 骨肉間的競爭：如《灰姑娘》
15. 姦殺：如徐四金《香水》
16. 瘋狂：如杜斯妥也夫斯基《罪與罰》
17. 鹵莽：如莎士比亞《奧賽羅》
18. 無意中戀愛的罪過：如楮威格《同情的罪》
19. 無意中傷殘骨肉：如《伊底帕斯王》
20. 為了主義而犧牲自己：如雨果《雙雄死義錄》
21. 為了骨肉而犧牲自己：雨果《悲慘世界》
22. 為了情慾衝動而不顧一切：如張愛玲《金鎖記》
23. 必須犧牲所愛的人：如張愛玲《第一爐香》
24. 兩個不同勢力的競爭：如《戰爭與和平》
25. 姦淫：如《金瓶梅》
26. 戀愛的罪惡：如齊克果《誘惑者日記》
27. 發現了所愛的人的不榮譽：如傅敖斯《法國中尉的女人》
28. 戀愛受阻礙：如《茶花女》
29. 愛上一個仇敵：如《醒世姻緣傳》

30. 野心：如《大亨小傳》
31. 人和神的鬥爭：如《伊里亞德》
32. 因錯誤而生的嫉妒：如夏綠蒂《咆哮山莊》
33. 錯誤的判斷：如珍奧斯丁《傲慢與偏見》
34. 悔恨：如《為愛朗讀》
35. 骨肉重逢：如《藍與黑》
36. 喪失所愛的人：如《百日告別》

對話篇

小說的語言分為敘述人的語言與人物的語言，人物的語言分為對話與獨白、演說、開會……。敘述人的語言是間接的語言，對話是直接的語言。有時人物自言自語，那不是對話，有時人物說應酬語，那也不是對話，有時人物演講或開會，各說各話，那也不是對話，有時人物說了很多廢話，那當然更不是對話。對話必須是針鋒相對，且有交集，並具有目的性。對話占小說的分量或四分之一或五分之一，不會寫對話，小說也寫壞四分之一或五分之一，對話寫作並非靠天分，一半是對語言的敏感，一半是蒐集或偷聽來的。

文學的語言分書面的語言、創作的語言、口頭的語言。口語出現在生活中，而且各行各業、男女老少都不同，他會不斷創造新詞，如果對口語沒十分用心，對話必然寫不好。好的對話像臺詞，而好的臺詞就構成劇本。

在行業中有行話，有人稱之為「切口」，如果不懂「切口」，想寫某特殊行業，必然要鬧笑話，警界為破解黑道的切口，每年還要更新辭典，寫小說也要更新自己的對話。

對話有其任務，能夠切中其中一兩項就不容易，如果全中的話，那必然成為經典，它有七大任務：

1. 表現個性

對話能表現人物的身分、職業、年齡，更重要的是表現個性，說話慢的人個性較溫和，說話快的人個性急躁，說話短而有力的，個性果決；說話吞吞吐吐的個性優柔寡斷……，什麼樣的人說什麼樣的話，如果能從對話中反映其人個性，對話就有力量與可信度，光這點一般小說都很難作到。

2. 表達情緒

同一個人物有情緒起伏，有喜怒哀樂，在對話中表現他們的情緒變化。

3. 推進情節

對話中可交代情節的進展，如換場換時間，上一場是白天激烈爭吵，可以空兩行用對話帶動「今晚是滿月耶，還好我們和好了，可以幸福地一起賞月。」或「你聽，下雨了，雨聲真好聽，還生我的氣嗎？」如果久別重逢，與其寫「春去秋來，又過十年，這期間發生許多事……」，不如用對話來帶「沒想我們又再見面，上次見面是八年……」「十年，整整。」「天啦，有這麼久！」「恍如隔世。」，對話還可以推理、分析、回憶、發現……因此可經濟有效地推進情節。

4. 製造衝突

兩人吵起來是衝突，有時是暗潮洶湧，有時是猜忌，有時是領悟，像張愛玲〈第一爐香〉的葛薇龍，跟蕎其逛市集，看到許多物品，她說我就像這些物品……；又如《半生緣》中的世鈞與曼禎，歷經十四年才重逢，曼禎對他傾訴許久，然後說：「世鈞，我們回不去了！」

5. 醞釀氣氛

對話如能帶入現場細節，能讓人更有臨場感；如契訶夫短篇小說〈小公務員之死〉描寫一個九品官伊凡，用望遠鏡看戲時打了一個噴嚏，坐在前座的將軍嘴裡嘟囔著，他想糟了，噴到他禿頭上，他趕快進行補救：

「對不起，大人，我把唾沫星子濺在您身上了……我一不小……」

「不要緊，不要緊。……」

「看在上帝的面上，原諒我。我……我不是故意要這樣。」

「唉，請坐好吧！讓我聽戲！」

伊凡窘了，他傻頭傻腦地微笑，接著看戲。

他看啊看的，可是不再覺得幸福，他開始惴惴惶惶，定不下心來。在休息時間內，他走到卜里哈洛夫跟前，在他身旁走著，壓下自己的羞怯，喃喃的說：

「我把唾沫星子噴在您身上了，大人，……原諒我，您明白，我原本無意……」

「唉，夠了……我已經忘了，您卻說個沒完！」將軍說，不耐煩地撇了撇他的下嘴唇。

短短幾句把一個噴嚏帶出的尷尬與反應過度的現場氣氛帶出來，也說明品位不同的反應。

6. 製造懸疑

接續上面的發展，因為反差帶來的猜測，帶出的衝突與懸疑：

「他已經忘了，可是他眼睛裡有一道凶光啊。」伊凡懷疑地看著將軍，暗想「而且他不願意多話。我應該對他解說一番，說明我真無意…說明打噴嚏是自然的法則，要不然他就會認為我有意唾棄他了。現在他固然沒這麼想，以後他一定會這麼想！」

接著他一再透過關係去道歉，把將軍惹煩，把他趕出去，伊凡受到這打擊，回到家，躺在床上，最後死了。

伊凡的恐懼與猜測，透過幾句對話，讓情節糾葛，讓我們好奇他會怎麼做，這是透過對話營造出的懸疑，並埋下伏筆。

7. 預示災難

對話安插伏筆是很常見的，如賈寶玉常說：「我要當和尚……」結局他真的當和尚去了。

田野與出外採集對話紀錄

學生男女朋友躲在升旗臺後面的對話一：

女生：「我不想分手！」

男生：「隨便你怎麼想，我們分開吧！」

女生：「二十九號，我們快一年了。」

男生：「那又怎樣。」

女生：「你說你不喜歡我成績退步，所以要跟我分手。可是我已經盡力了啊！難道這樣還不行嗎？」

男生沒說話～眼睛也沒看她

女生：「爛理由！我沒辦法接受。給我一個可以讓我離開你的理由，總該有一個理由吧！」

男生：「我對你沒感覺了！」

女生：「賤！」

～～女生哭紅著眼離開～

對話二：

人物：呂生（輕度智能障礙的學生）、林老師（資源班特教老師）

背景：某天下課，呂生看到另一個資源班同學剛跟老師兌換完獎品。也拿著自己的榮譽簿去跟老師換獎品。

林老師：「你想要換什麼獎品？」

呂生：「我要跟XX一樣換珍奶，但不要加珍珠。」

林老師：「啊？不要加珍珠？那就是要喝奶茶囉？」

呂生：「我要喝珍奶啦!!!」

林老師：「（三條線）……噢……你知道珍奶全名叫什麼嗎？寫給老師看……」

呂生：（寫下珍珠奶茶四個字）

林老師：「真棒！就叫珍珠奶茶，可是你不想加珍珠對不對？」

呂生：「是啊。」

林老師：「那把珍珠兩個字圈起來，然後打叉叉。你看，是不是剩下奶茶兩個字？」

呂生：「對。」

林老師：「那我們買奶茶好不好？」

呂生：「好!!」（開心地回教室去了……）

觀點

Point of view或view Point說的是一種敘述角度，可以說小說作者立下的書寫限度與向度，一個事件從不同人的角度來敘述會大不相同，如一場車禍，肇事者、受害者、警察、目擊者的敘述很不一樣，你只能選擇一個。早期的小說大多是全知全能觀點，但偏偏全知全能是最不自然的，有誰能自由進出每個人的內心呢？於是慢慢出現有限度的觀點，較常出現的觀點有以下五種：

1. 全知全能

如上帝一般無所不知，他能進入每個人的內心，優點是能寫活較多人物，缺點是結構會分裂，不能集中，較適合長篇使用。

2. 第三人稱限制觀點

如白先勇《金大班的最後一夜》，從金大班的觀點出發，裡裡外外，充足的外在描寫與心理描寫，從她的視角寫活許多舞女，最鮮活的當然是她自己。第三人稱限制觀點優點是能集中寫活一個人物，缺點是其他人物較模糊，在短篇小說使用最好不過。

3. 第一人稱觀點

用「我」作為敘述，自然、親切，但這個人不能太聰明也不能太笨，自卑與自傲都會讓人無法接受，如非討喜的人物，最好不要。像貝婁的《傻子金寶》採用第一人稱敘述觀點，他是個傻子，但他單純而具有奇異的智慧，情節大約是這樣：

我是金寶，大家都叫我傻子金寶，我們村的人除了牧師，都騙過我，連牧師的女兒有一次跟我說，金寶，我爸說親吻教堂的牆壁可以得到拯救。當我去吻被陽光曬得熱騰騰的牆，一群人突然出現圍著我大笑，包括牧師的女兒。等到我到了結婚年齡，許多人都搶著給我作媒。每一個都說長得很美，結果都醜爆了，其中大家一致推薦一個女人，長得還不賴，他們說她是世上最美的女子，品性又貞潔，於是我們結婚了，結婚才六個月，她生了個小孩，說是早產兒，我很愛孩子，接連又生了幾個。在麵包店工作有個師弟，他特別照顧我，我常託他帶麵包回去給妻子與孩子吃，有一次回家拿東西，進房時看見妻子與師弟睡在一起，這時妻子過來摸我的頭說：「金寶，外頭太陽太大，你熱壞了，你看到幻影，房子裡什麼都沒有喔！」房子裡果然什麼都沒有，師弟不見了。過幾年，妻子生病快死了，跟我說：「金寶，我對不起你，一直在騙你，老大不是你的孩子，老二也不是……全部都不是。」妻子死了，我恨鎮上所有人，我要報仇，於是在麵包裡下藥，全鎮都吃我做的麵包，麵包做到一半，妻子的鬼魂出現了，她說：「金寶，真的有死後審判這件事，我在地獄裡好痛苦，你千萬別做壞事，一切都是我的錯，原諒我！」聽了妻子的話，我清醒過來，把所有的麵包銷毀。離開這個小鎮到處流浪，說故事給人聽，這就是我的人生，我覺得還不錯。

第一人稱觀點的主角設定很重要，他最好不完全是作者自己，世界有一部《追憶逝水年華》就夠了。

4. 旁觀觀點

旁觀觀點是由跟故事無關的人物敘述故事，因隔著一層，有著距離美感，但這個人必須具有強烈好奇心，譬如會偷窺或偷看之類，作為讀者的眼睛，如《茶花女》講一個無聊男子有天在報紙上看到巴黎有名交際花茶花女過世後，有人為她辦遺物拍賣會，他雖沒錢，想能看看名交際花的遺物也是不錯，於是便前去參觀。所有的東西都很奢華珍奇，大都是達官貴人的餽贈，沒有一件他買得起，他看到一本書上，題有獻給瑪格麗特，「你的心性跟書中主角一樣高潔」，署名西蒙。他想社交花怎會心性高潔，他很好奇，書價訂得很便宜，他便買回去。過了一段時間，西蒙找上門來，求他把書讓給他，他說他不能接受瑪格麗特的死亡，也沒趕上見她最後一面，因此想擁有一項她的遺物。這個人說沒問題，但要說他們的故事給他聽，西蒙形容憔悴地說，再等他一些時日，他會實現他的希望。又過了一段日子，西蒙再出現時更憔悴了，他說依然不能接受瑪格麗特的死，他想去挖棺，見她最後一面。這個「我」當然雞婆地跟隨，當棺材挖出來，瑪格麗特穿著雪白的衣服，頭髮依舊，兩頰凹陷發青，眼睛只剩兩個窟窿，西蒙看了倒退好幾步，說了一句：「你看，那黑洞！」說完就昏倒了。這個「我」扶著他回家，西蒙病得很重，這個「我」在病床邊照顧他，等西蒙好些，他便說出他與瑪格麗特的故事。

以下才是大家熟悉的浪漫愛情故事，西蒙當時還是個大學生，有一天在一家店門口看見瑪格麗特下馬車，她一身飄飄白衣，手中拿一束白茶花，出塵的美讓西蒙像著魔一般跟隨她走進店中，然後對她展開熱烈的追求，茶花女不但不理他，還勸他回家不要學壞，追求她的都是達官貴人，他只是學生別浪費在她身上，西蒙沒有放棄，一直證明他的愛，最後茶花女被他打動了，兩人熱烈相戀，茶花女一直有肺病，為了養病與兩人廝守，搬到鄉下同居。一天西蒙的父親找上門來，西蒙剛好不在，父親以半要脅半懇求的方式對她說，他們家因他倆不名譽的行為，在家鄉飽受議論，西蒙妹妹還因此被退婚，請求她救救他們家，放了西蒙。西蒙父親走後，茶花女陷入天人交戰，她愛西蒙，卻不想害西蒙，她的病越來越嚴重，不想拖累西蒙。從此後她故意冷言冷語傷害西蒙，說她住不慣鄉下，也過不了窮日子，吵著要回巴黎，西蒙跟她回巴黎之後，茶花女更加周旋在其他男子之中，故意冷淡西蒙，西蒙灰了心，黯然離去。茶花女更加折磨自己的身心，不久病亡，在她死後西蒙才知真相，痛苦不已。

這個故事被好幾度改編成舞臺劇與電影，我看的幾個版本，敘述人都不見了，結局是茶花女死在西蒙的懷裡，吐血而亡。

這樣的結局雖然更有戲劇性，卻大大損傷藝術性。原著前面的敘述人先讓我們看到骷髏，再看到紅粉，這種對照很驚人，具有哲思性，原著因使用旁觀觀點，多了一層審美距離，已非一般的浪漫愛情故事，因此要看《茶花女》，還是要看原著。

5. 客觀觀點

又稱戲劇觀點，它跟戲劇舞臺或真實人生一樣，只看得見人物的語言與動作，讀不到內心，優點是很節制與自然，缺點是讓人費疑猜。如海明威的〈殺人者〉，講一個酒館新來一個服務生，一天來了一對殺手，他們把槍放在櫃臺上，然後問某某人是不是每天固定的時間到這裡，他們說是，殺手說我們等他然後要殺了他，新來的菜鳥服務生一直看時鐘，等到那個時間過了，那人還沒出現，殺手走了，說明天再來殺他。菜鳥趕忙去找那人，敲門敲很久，一個睡眼惺忪的拳擊手說幹嘛找他，菜鳥說有人要殺你，趕快逃，拳擊手說要殺他的人可多了，他不想逃，然後關上門繼續睡覺。菜鳥不知不覺跑著，他一面念著「這裡的人都瘋了！」一面逃出這城鎮。

這裡面只有動作與對話，我們不知殺手為什麼要殺拳擊手，拳擊手為何不逃，就是不知道，更讓人覺得可怕，而菜鳥的恐懼與說詞，覺得更有力量。

觀點沒有好壞之分，只有用得恰當或有無新意之分，知道巧妙地使用觀點，已是小說老手，每個觀點都有優缺點，但看你如何使用。你可以比較白先勇的三篇小說，同樣是寫風塵女子，《金大班的最後一夜》使用第三人稱觀點，能集中寫好一個人物，裡面的金大班十分鮮活、立體；而《永遠的尹雪豔》用的是客觀觀點，我們無法進入人物的內心，讓這個人物十分神祕，因此她具有女神或死神的意味，如果能進入她的內心，那不就是另一個金大班？而《孤戀花》使用的是旁觀觀點，透過愛她的姐妹眼睛來寫娟娟苦楚的一生，因隔著距離，另有一種美感，類似的人物因觀點的不同展現不同的面向，作者可說觀點使用的巧手。

還有些變化型的觀點，帶有實驗性，更能讓普通的題材充滿魅力：

1. 多元混合觀點

是種多重觀點，如芥川龍之介的〈竹籔中〉，裡面描寫武士、武士妻、強盜之間發生的奪妻與殺戮，武士死了之後，分別由強盜、武士妻、目擊者（樵夫、僧人）、靈媒、武士鬼魂不同角度的描述構成，因各說各話，讓人不知真相為何，文章雖不長，影響後人甚多，因此我們常說一場各說各話的事件為「羅生門」，此小說後來被黑澤明改編為電影，將故事背景設在羅生門，也就是將〈竹籔中〉與〈羅生門〉合寫為劇本，片名叫《羅生門》，因此原著的名字就被遮蓋了。

2. 二元交織觀點

是兩種觀點的交織，原容易造成分裂，使用得好具有位移與層次感，如莒哈絲的〈情人〉，寫法裔少女與華裔中年男子的靈肉之戀，作者交織著第一人稱與第三人稱觀點，少女有時是自我剖白，有時作者使用「她」，彷彿抽離與客觀地審視她，雖是同一人，卻有分裂感，讓這篇原本單純的初戀故事變得不單純，有種錯亂迷離之美，但作者在後面寫著我的敘述就像流動的河流，都在訴說著「母親、母親」，這是作者寫給母親的懺情錄，裡面的情慾流動因此多了許多層次，這個中篇的觀點因題材而轉變，更貼近生命經驗，可說是奇品。

3. 後設觀點

是一種戲中戲開放式結構，如紀德《偽幣製造者》中的主角也正在寫一本《偽幣製造者》的小說，我們看到主角愛德華的戲，也看到他在自己小說中的筆記與故事，雖然都是第三人稱限制觀點，卻是不同界面，兩者形成互映的關係，我們可以看到前臺的戲，也可以看到後臺的戲，這種結構與觀點的設計，在當時可說具有創意。之後傅敖斯《法國中尉的女人》，他諧擬十八世紀羅曼史小說，一個女家庭教師與傳說中的法國中尉有段浪漫傳說，男主角因好奇而接近她，被她吸引，與未婚妻解除婚約，兩人約好私奔，當男主角到達約定旅館，女主角失蹤，故事轉到現代，小說破框，才知法國中尉的故事都是虛構，這裡的觀點沒轉換，時空卻轉換，卻造成虛幻與割裂的效果，可說十分有趣。

4. 物觀點

這個觀點大概只能偶爾使用，它太奇特，是種實驗性作法。如法國新小說羅伯葛里葉，曾有一篇〈百葉窗〉的實驗小說，裡面幾乎沒有情節，只寫景物的變化，像寫景散文，描寫從早到晚陽光的移動，而且是虎斑狀的陽光，最後一男一女開著車離去。在法文中百葉窗與妒忌同義，要想一下，才知那是個妒忌的丈夫躲在百葉窗之後，偷窺妻子與情夫偷情，這裡面沒有人稱的指涉，只能說是百葉窗觀點或物觀點，這種觀點使用太奇妙，也很難學習。

延伸閱讀

1. 白先勇《永遠的尹雪豔》、《金大班的最後一夜》、《孤戀花》
2. 芥川龍之介〈羅生門〉、〈竹籔中〉，及黑澤明《羅生門》電影

場景

場景為何可以成為小說的第五個要素？優秀的小說能創造與現實相似但不同的甚至更精彩的世界，因此場景並非布景，而是具有意義的空間。《紅樓夢》可以花許多篇幅描寫大觀園，因它不僅美麗，還是個充滿隱喻的空間，像瀟湘館、怡紅院、梨香苑、紫菱洲、稻香村……，它們的位置與一景一物都寫得很細，它跟小說的關係是什麼？

1. 場景與情節

有些小說的情節是靠場景帶動的如遊記小說，如《西遊記》等類型的小說，要靠場景的轉換而有情節，如五指山、水簾洞、火燄山、黃風嶺、子母河、蜘蛛洞……等九九八十一難，發生種種衝突與磨難，必須全部通過才能修成正果，這些場景也並非完全虛構，有一些參考《大唐西域記》，有一些傳說吳承恩在家鄉的山坡上，造了一些粗模，沙盤推演一番，如此才能寫活許多場景與妖魔鬼怪；次一點的小說《鏡花緣》根據《山海經》等神話故事，創造了一些奇異的國度，其中最有意思的是「女兒國」，那裡女性為尊男性為卑，男人嫁給女人，要受穿耳綁腳之苦，以前認為是性別錯亂之奇譚，現在男生女裝的偽娘與女王女總統比比皆是，小說家是否預見未來或穿越時空呢？

2. 場景與氣氛

什麼是氣氛呢？什麼地方會有氣氛呢？氣氛這個詞跟氣質類似，一個有美好特質的人稱為氣質，同樣的，一個具有美好特質的空間稱為氣氛，它在感官上起作用，小橋流水有氣氛，因在視覺上優美，在聽覺上寧靜；咖啡館有氣氛，因為在視覺上燈光柔和，在聽覺上有音樂流瀉；在嗅覺上有咖啡香氣，在觸覺上有舒服放鬆的椅子，在味覺上有咖啡有點心，香、甜、苦俱足，所以氣氛是感官內容細節的組合，當我們要表現秋天的氣氛，會想到秋風、落葉、楓紅、風衣……，把這些感官細節組合就會有氣氛，在小說中懂得經營氣氛的小說讓人印象深刻，再者，氣氛暗示人物的內心與情緒，如《咆哮山莊》中，那個在狂風怒吼的晚上，凱瑟琳的鬼魂會敲著門窗說；「讓我進來！讓我進來！」這就有點氣氛；再高一點的如白先勇〈那片血一般紅的杜鵑花〉，裡面以第一人稱旁觀觀點，描寫到臺北讀大學的我，常到姑姑家，姑姑家有大園子，種滿紅色杜鵑花，園丁是退役軍人，長得像熊一般，他年少時有個小媳婦長得像姑姑的小女兒，小女兒喜歡穿紅、紅金魚，他都想辦法為她弄來，每天騎三輪車送她去上學，在車上插著紅色風車，可同學們都取笑他們，小千金讓也不讓他接送，也不再跟他一起玩。當她邀同學回家時玩時，他送上一缸紅金魚，卻被她打落地，金魚在地上垂死掙扎，這時有點喜歡王雄的女傭在他最沮喪時譏笑他，他發怒下不小心把她掐死了，王雄逃走，不久在海邊出現他的屍體，隔年春天，大學生到姑姑家，看到杜鵑花開得更茂盛，顏色像血一般紅。

用顏色意象來統一小說的場景，令這篇小說格外有氣氛，紅是熱血、犧牲、死亡……的象徵，作者可謂擅於營造氣氛。

3. 場景與象徵

有些場景不只是場景，還具有象徵意義，如海明威《老人與海》描寫老人與一隻馬林魚搏鬥的過程，雖然最後只剩魚骨架，還是把牠拖回岸邊，它帶有人與自然對立、抗爭的象徵意義，最後人定勝天，展現作者的強硬的意志；還有梅爾威爾的《白鯨記》講一個被白鯨魚吃掉手臂的復仇故事，跟《老人與海》類似，但它的象徵性更明顯，其中有一章「白鯨之白」可說是獨立的漂亮散文。他說白鯨之白是白雪之白、壽衣之白、也是死亡之白……，它的意義更為多元，既是生也是死亡，是自然也是非自然，是上帝也是死神……，讓單純的故事充滿隱喻與象徵，具有詩意：這時場景再也不只是場景，而是象徵之海。而《紅樓夢》既有寫實的意義，也有神話的意義，它是花園神話，也是四季神話，裡面的花與建築、石頭（玉）、詩歌皆具有象徵意義，作者精心搭造的大觀園與太虛幻境是一體之兩面，象徵繁華與幻滅，愛情與虛空，神與魔之兩面性。

延伸閱讀

1. 白先勇〈那像血一般紅的杜鵑花〉
2. 張愛玲〈紅玫瑰與白玫瑰〉

主題

Theme原指作家插入的談論的一些話題，後來演變為主題思想，它分為明言主題與隱含主題，前者作者會用幾句話或一大段話寫出他的主旨，後者則將主題隱含在情節中。一般而言，主題牽涉及道德，然主題過於道德化會淪於說教，過於敗德會被提起妨害風化的公訴，如《包法利夫人》曾被提起公訴，長長的法庭辯論被刊在書前，那是有關藝術與道德的辯論，最後藝術勝利，福樓拜曾說「包法利就是我，我就是包法利」，如今法國人會說：「我們心中都住著包法利」，因此主題指涉的思想，應大於道德，不等於道德，理想大於道德，因此歌德說：「文學最美的是理想」。

小說與人生、社會的關係也很微妙，代表文學為人生服務的是史提爾夫人，她寫的《黑奴籲天錄》，影響深遠，可說是黑奴解放的宣言，然社會事件一旦被解決，當時轟動的書，如今已少人提及。文學不是社會文件或檔案，就算是，也容易過時。

另一派主張文學為「心靈的歷史」，代表人物是左拉，因此只要是真實的，符合人性的皆可以寫，道德不道德已不重要。他寫的小說如二十二部曲，為法國大革命前後歷史，每一部以一人物為主，如《酒店》的女主角是《娜娜》的母親。

主題可分為兩種：

1. 隱言主題——又稱情節主題
2. 明言主題——又稱語言主題

明言是指作者在作品中，把必須要告訴讀者的話濃縮為一句，清楚地告訴讀者，這種小說在十九世紀以前很流行，例如雨果的《雙雄義死錄》即是明言主題。他在結局說明「在一切權力之上，還有人道，在一切法律之上，還有良心」。

隱言主題它是靠情節和文字的結合起來，顯示出作者要告訴讀者的話，這種小說稱為情節小說。現代的小說多為情節主題，中國古代有情節小說，如宋代話本〈拗相公〉或卡夫卡《蛻變》。

主題簡單地說，是作者急需告訴讀者的話：它包含某些見解、主張，這常是不明白地顯現，而另由人物情節向讀者暗示。

作品的效果分感性效果、情緒效果、理性效果。感性效果要求真實性；情緒效果要求感染性，理性效果要求啟示性，這是小說的三種性能。作品的理性效果經常反應在三種層次的讀者身上：

1. 思想型：他經常想在作品中聽到某種人生意念或價值觀念，假若他失望了，就會說：作品很幻滅。

2. 大學生低年級：看小說的人當中可表一型，低年級生充滿熱情，高年級生溫而智開始成熟，他們有兩個特徵：

（1）渴望向社會報到。

（2）皮膚脂肪下看似平面永遠用不完的精力，這時候促進熱情與理性的趨向平衡，感情世界中還是詩的年代，理性世界中有經濟年代的趨向，所以這種人對理性效果，完全主張從自己的角度看小說對人生的影響。

3. 天真型：他們看到書中的佳句，就記下來或背下來。

這三型中得到理性效果的層次不相同，他們只要看到心愛的就是好的。

理性效果產生的源自有以下幾種：

1. Premise是作品創立之前的前題，是尚未構成主題前的思想，也是發動作品創作的原動力，真正的小說當是自日常生活經驗中去找尋，而不是由書本中找尋，生活中發現某些值得一寫的事情或價值觀念，把它寫下來，這是發生理性效果的第一基礎。

2. 必須指出這三種效果關係密切，當同為說服予人實感，而歷實感的作品也常能擾動情緒，而讀者在情緒波動之下比較容易接受作者提出的主題。

藝術就是表現，藝術就是抒情的表現，作品的三種效果經常決定三種性能，而這三種性能根據於作者的表現技法相關，那麼我們的寫作訓練已經從初級進入中級了，必須指出技法與方法有別。用為藝術上的技法意指一套工作能力，此技法有些進行工作的法則，卓越的表現能力是靠不斷的磨練學習，逐漸培養而成的，故懂得表現方法的人未必就懂得表現技法。這就是說明優秀的文學批評家不一定是優秀的作家，方法雖不是技法，但方法是技法的捷徑，初學者在不斷培養磨練中前進。

作品欣賞：其實應該是壞掉了

高博

克泰夜裡輾轉難眠，他確實覺得耳鳴的問題越來越嚴重。那聲音無所不在，幾乎整層公寓都聽得見。他又覺得，或許那不是耳鳴，而是房子某個角落出了什麼問題，例如什麼機器在叫，所以雖然已經凌晨，他還是決定起身來找找這聲音的來源。

琳昇躺在他對面的沙發。她堅持要睡在那裡。克泰盡量不發出聲，怕吵醒她，開始檢查房間的每樣電器。他還把冷氣關掉，但聲音還是嗡嗡嗡盤旋在他腦袋。

「我真的耳鳴了嗎？我是不是真的病了？」

那聲音以超高頻的姿態存在，穩定而細微，聽久了真的很煩。不是電腦發出來的，也不是手機。克泰的公寓很小，一房一廳，他認為一定可以找出問題。客廳其實兼書房，說書房其實更像工作室，各種最新的手機型錄。還有，自從在電信公司上班後，他收藏世界各地各種經典舊手機，數十支，就排列在本應是電視櫃的玻璃櫥，也因為如此，常有人笑他工作狂，把電信門市都搬進家裡。

克泰拉開玻璃櫃，小心翼翼不在上面留下手印。滋滋喀喀，玻璃櫃打開時金屬閥的扭轉聲意味時光倒流，裡頭滿是過時的機械氣。他聆聽著裡頭的手機，一度相信，是裡頭的每一支手機都發出高頻的噪音。

聲音還在。九零年代到世紀交接的各色經典款，從褪色的NOKIA 8110、3310到ERICSSON T28，都在那怪異而病態的高頻噪音裡，每一支，都越看越不可愛，甚至越看越可恨。

明天九點還要上班呢。他看著，額首都出汗，精神也來了，不找到聲音他是不肯去睡的。他心裡懷疑著，真是電信公司上班的緣故讓他腦袋壞掉。

他又走到料理臺附近，除濕機的水位是滿的，沒運轉也沒怪音。也不是電鍋發出來的，更不是烤箱，所有的料裡電器都好端端的。聲音還是微弱地嗡嗡響，非常穩定，頻率非常高，有形又無形。

克泰真的嘗試過要用手抓住那聲音。忽然他開始明白那聲音始終來自他的腦袋，就是耳鳴，吞了口水也止不了的耳鳴。久久不去的聲音即將要撕裂他的大腦，他隱隱約約感到胸口煩悶，頭也開始作疼，他坐在料理臺的椅子上，幫自己弄了杯水，覺得自己病懨懨，也許年紀大了，各種慢性病都要來。過了某個年紀，人都會忘記自己的實際年齡。他大概，快三十歲了吧。他覺得自己真的要老化了，為自己過早的「老化」感到可笑，又恐怕是工作太繁忙，今天更又因為琳昇的關係過度操勞。

琳昇中午的時候打了電話給他。電話裡的她驚魂未定，說她老公拿菜刀要殺她，她剛逃出來，已經在高鐵站。但她沒事，只是害怕。她需要有人救她。

克泰向義梅姐說要臨時請假，還沒解釋，義梅姐就說：「是女生嗎？」

他想解釋，他要見的這個人就是他以前的前輩，可是忽然不曉得從何說明。是之前離職的前輩，結婚了，現在被家暴，老公拿菜刀要殺人……要如何開口呢？

「扣你一天假。」義梅姐聲音曖昧，露出一種知道祕密而滿意的笑容。

琳昇開始打鼾。她的鼾聲竟還是像男人一樣粗獷。卸妝後的她，五官輪廓都還是手術以前的他。五年前，克泰剛來公司時，「霖昇」還是大他三歲的前輩呢。公司安排霖昇照顧他，當時他的輪廓大概也就是這般清秀。一個舉止溫柔的大男孩。

克泰只愛女人。此時此刻的琳昇，不能說是完全的女人，可卻有十足性吸引力的。克泰看著琳昇露出來的身體，就僅是頸子和一點脂肪的手臂，雖然和男人的身體一樣寬闊，卻因為隔著男性內衣而乳房微隆，像少女吧，他想著。可卻沒有任何慾望，那嗡嗡的高頻噪音讓他無法專心包含「性」在內的任何事情。

「妳有沒有聽到奇怪的聲音？」克泰忍不住窩在她躺著的沙發，決定還是把她喚醒。

「……是冷氣，冷氣。」她闔著眼睛，呻吟著且輕輕皺眉，「冷氣呀。」

「沒有，想問妳有沒有聽到一種不一樣的機器聲，嗡嗡嗡的那種，妳聽。」克泰努力描述。

「你工作的地方就是這樣。」

克泰不得不認同這個可能，工作的地方。

今天琳昇也就跟他提過了。幾年前也有。

下午，他開車載著琳昇，要去她老公在臺中上班的百貨公司。她老公是運動用品部的門市人員，今天休假，所以人在彰化家裡。琳昇說一定要去，只有那間百貨公司可以讓她散心。她看起來完全沒事，心情似乎也好極了。

「……不是因為妳，是因為公司吧，我真的會頭痛。」克泰在停車場說。但停車場的噪音太多，他必須說兩次。「……真的，真的會頭痛。」

「你還是不喜歡在電梯裡面說話嗎？」要進電梯時，琳昇問他。他點頭，給她善意的微笑。

「我還是要說，義梅姐的口腔癌可能和公司有關。」電梯裡，她還是忍不住說話。克泰沒有看她，只點頭表示他聽得到。他覺得很不自在，電梯裡有其他人，而琳昇是唯一在講話的人，簡直是廣播電臺。不過他必須承認，她的聲音愈來愈柔，今天聽起來，根本是女人嬌滴滴的聲音，也許可以去電臺工作。

「妳現在真的不找工作嗎？」出了電梯，克泰問她。

「不了不了，我們真的打算要領養小孩子，我也真的要當全職媽媽。我們的小孩要在家自學。」

克泰驚訝地看著她，他不認為依靠她老公門市人員的薪水可以養家。「妳聲音一直都很好聽，去廣播電臺找工作？忠明南路那裡有幾家，可能不缺人，薪水也不多，可是我覺得妳要去看看，這是講……」

「公司裡有很多電話，公司裡那些電話，」琳昇打斷他，又回到先前的話題，「那麼多通信機器，一個人一天要打兩百五十通電話，你想想看，下班之後一想到要講手機都會怕了。有一次我問了一個工程部的工程師啊，我買便當的時候看到的，我問他那些機器對身體會不會有影響。他先是問我工作資歷，我就說七年，他就說是會有癌症機率，只是他不敢這樣說。」

「妳以前好像跟我說過，對不對？」

「有嗎？有可能。我很關心義梅姐，只是我怕她看到我這樣子會嚇到。還有我好險真的離開公司，因為我後來覺得頭痛的問題都沒了。」

「搞不好是因為你沒上班沒壓力了？」克泰拍了她的肩膀。

「別拍我肩膀，我現在不是gay了，是異女。」她推開他的手。

克泰盯著她。這是真的，她真的是一個女人。由於骨架、妝容及長髮的關係，她比起男性的過去還要更有精神，可能還更年輕些。

「妳該考慮離開他。」克泰說。他們已經在運動用品部，這有皮革混泥土香，還有足球場草皮的味道。

「你第一次來公司的時候還問我那些工程師到底都在哪裡上班咧，好可愛，那時候真的滿喜歡你。」她轉身摸著展示的網球拍。

「我是妳早就離開他了。」

「可惜你不懂欣賞gay，唉。那些工程師常常來修你的耳mic，為什麼只有你的耳mic會故障呢？我本來還猜你對那些阿伯可能有興趣吧，什麼的，之類的……你那時候單單純純，是菜。」她回過頭，往櫃檯的方向看去。

「妳條件現在很好，真不考慮找更好的？」

「你說我條件好？有那個十八公分的女生好像不多喔。可是連這個，你摸過啊這個，喏，都像還在發育一樣扁扁的。」

「我不跟妳說這個！曾琳昇女士，是家暴，妳遇到的是家暴……」克泰的聲音有些怒火。他不相信怎會人如此盲目。

「我第一次進去他浴室，因為很黑，我很怕黑所以很害怕，然後因為害怕我真的找不到燈的開關。然後他就幫我開了，幫笨蛋開燈這樣子，我就突然，一陣安慰感，還是說安全感，就是我覺得被保護。他的眼睛從鏡子裡看過來，看我還有衣服的身體，我就趕快把門關上。他的眼睛卻還在，就在我脫衣服的時候，他的眼睛就在浴室裡的每一個角落，就在男用沐浴乳上，還有刮鬍刀上，都是他的眼睛，盯著我，心跳加速，然後浴室排水口的毛髮，天哪都要癱軟。」她說著說著，忘情流露陶醉的笑容。

「我不覺得那什麼，什麼毛，有什麼好。」

「真假的？我也不懂呀，真的不懂那時候的感覺，可是真的就是這樣。」

「我覺得，他不夠好，就是這樣。」克泰說，一肚子怒火。

「那個呢？」琳昇盯著門口穿籃球衣擦玻璃的男孩，「他同事，來打工的夜間部學生。」

「我覺得嗎？他的腋毛多到露出來，肩膀太小。」

「我老公喜歡我的腋毛。」

「夠了，他就要把妳殺死！」

「就，我是一隻惹人厭的螞蟻。」說完，她就走到那男孩旁邊。沒特別做什麼，就是經過，然後走出去，讓男孩多看她一眼。

克泰試著讓自己放鬆。高頻音刺激每一條神經。他讓自己再喝一杯水，再去小便一次，然後躺在床上，試著要睡，聲音卻不止地侵入他的所有感官。眼睛緊閉著，他看得到那高頻音是藍色的線，揮打他，勒緊他，他愈來愈想死。

「晚安您好，親愛的客戶，我們公司有最新的優惠訊息要通知我們的優質客戶，我病了，耳朵壞了，腦袋不見了，就要死了，親愛的客戶……」他想成為那聲音的一部分，盯著小夜燈，琳昇現在背對著他，棉被包得緊緊。

他試圖讓自己愛上那聲音。

他聽過一則故事，有一太空人需要長時間，也許數個星期那種的長時間飄浮在外太空的一個船艙裡頭工作。忽然有滴答滴答的細小聲音不斷出現，其實很小聲，但由於外太空的徹底孤寂，再小的聲音都會非常巨大而刺耳。那聲音持續到讓他失去睡眠而精神幾乎崩潰，他想死，就像此刻的克泰一樣，想死。後來他讓自己愛上了那噪音，他就從中聽見了優美的交響樂，並安然度過直到返回地球。

「吃大便啦。」克泰默默罵著，根本沒辦法愛上那可惡的高頻音。那聲音來自他腦袋，他是病了，誰能愛上自己痛苦的病徵？

網路上竟然有很多人和他有一樣的困擾。這個時代，網路上什麼知識都不足為奇，連這種，什麼神祕高頻音的問題都有人問。

不過，不少網頁來自中國。克泰記得還小的時候，網路上的中文條目大多是來自臺灣、香港的繁體訊息，也不曉得確切從何開始，中國的簡體網頁迅速占據網路世界。

有個杭州的大媽說，家裡出現一種高頻噪音，聲音持續了幾十天都沒停止，而且只有房間才有。

克泰看到這裡，立刻走出房到客廳去，他這時才發現，房間聽到的聲音真的比客廳大些。最後他開了窗，把頭探出去，窗外是公園，聽得見夜裡的風，嗡嗡聲變小許多。然後他又開了大門，走到公寓外的走廊，就聽不見噪音了。

「到底！」他回到房間，再繼續看那位杭州大媽的發問。

這位大媽後來去問了樓上的鄰居，發現樓上的鄰居也有同樣的困擾，而且噪音更大，甚至已經開始吃安眠藥。他們都找了工人來檢修，卻找不出問題。

有網友就說，一定是有基地臺，或是杭州地鐵的噪音。克泰又多看了幾條網頁，臺灣的，香港的，中國的，都看，大家都有類似的問題，同樣的困擾，有人都要鬧自殺了。簡體網頁上有人大膽提出，全世界都充斥著不明的怪聲，全世界！

高頻噪音挑高了些，讓人頭疼的高。突然間，又有吱吱的噪音出現。那聲音令克泰想起老爸夜裡的磨牙，粗獷如磨磚石。琳昇把臉翻了過來，吱吱吱地，居然是她在磨牙。

忽然，克泰有種愚蠢的頓悟，覺得可能是琳昇的身體發出來的，也許在轉性手術時出了什麼障礙，讓她的身體在夜裡會發出奇怪的運作聲響。克泰靠近她，仔細聽，發現離她愈近，聲音就真的放大了些，也可能是錯覺，但她滿有可能是問題的根源，畢竟是她進房後才有這樣的現象。

噪音可能來自她發育般的乳。雖然乳小，卻也有可能是假的塑膠乳。吹著冷氣，塑膠在體內遇到幅度較大的熱漲冷縮，就有機會發出高頻惱人的噪音。但這都是克泰的猜測。

看著琳昇露出的手臂和肩膀，克泰感知女人的腋毛確實能增添性感，這是許多女人自身完全不能理解的。這個時代，男人女人都跟風把毛刮掉，什麼毛都可以去除，連眉毛都不放過的大有人在。即使她還是有男性特徵，但那些毛髮部位只將愈來愈具體地性感。

他這時才逐漸意識到一種奇妙的感覺。吸引他的這女性身軀，曾經是雄性的，這本能地驅使他噁心。同性相斥而異性相吸共同驅動他體內奇妙的知覺，這種磁性或許正是噪音的根源。

「我是個阿姨，走在遊樂園裡，每一個拿氣球的小朋友都會叫我阿姨的女人。十八歲的小男生也不會多看的阿姨。」琳昇說著，走在運動用品部和家具部旁的小走道，盡頭是一面大玻璃，如果不存在，她就可以從此墜去，外頭是西屯區的高樓大廈，像蝙蝠俠電影裡的高譚市，而踩高跟鞋的琳昇的背影，是愚弱女子，等待英雄救美。克泰盯著她，想像著她真的墜落下去，莫名其妙地覺得女人在那一刻能具備驚人的美。

她把手放在玻璃窗上說：「我十一歲那年應該收到霍格華茲的入學通知，而且要是一隻藍色的貓頭鷹送信過來。

「我就是一個完全有天分的女巫，現在就要變成巫婆了。如果我早點變成女的，是不是情況會更好？」

「不會。」克泰覺得陽光刺眼，他往陰影處走去。

琳昇的影子很長，讓本來高瘦的她顯得更高更瘦長，其實像原形畢露的蛇。「有一次做愛完，他摸我的屁股，然後用力抓了下去，表情很失望，他什麼都沒說，可是他不知道他的眼神徹底把我……，就那個眼神。好像他做完愛才發現我是老太婆一樣，男人的屁股都比我好。」

「再怎麼老怎麼醜，會打妳的都不是人。」

「那我呢，算嗎？」她回頭。

開始上班時，基於某種環保理念，克泰都是搭公車去上班。公車經過高中時，就下了一些學生，駛入市政府周圍的商辦區後，上班族就全都下了車。這時公車上只會剩下博愛座的阿公阿嬤還有終於有位置坐的克泰。公車會再往更北一點去，他在北屯的住宅區下車。電信公司的電銷部隱身於住宅巷弄內，其實就是一棟三層樓透天。

如果遇到剛停好汽車的義梅姐，她就會誇他環保好青年。但通常都會遇到騎機車過來的霖昇。克泰早在一開始就告訴這位前輩，他不是同性戀，但霖昇還是願意幫他帶點心，理由是怕一個人吃太多變胖，需要一個男生幫忙吃。

克泰很清楚感覺到腹部在那段時間已經囤積了一些脂肪。身為負責照顧他的前輩，霖昇是真的很照顧他。他們會一起去做市調，其實就是探敵情，跑到其他的電信門市去蒐集最新的手機與門號優惠訊息，以進行更直接的分析。

霖昇不過為了工作而工作，可是克泰很清楚自己是真的對手機很有興趣。電銷部有些男生後來都去了工程部，可克泰喜歡電銷部，他透過自己大學的商學訓練以及對手機的了解，在一天兩百五十通的電話裡覺得滿足。這讓霖昇頗意外。

「通常我們一天能賣到三支門號，就是非常好的業績了，你兩天就賣九支，到底是誰前輩了？」有一次中午休息剛結束，霖昇放了一盒心型巧克力在他桌上，對他說。

「沒有，我幾個法寶還是會念錯，會跟QA搞混，反應不好，還在學……」

當天霖昇是辦公室的值日生，他必須帶下午開戰前的口號，口號前他就說，「大家要以新人克泰為榜樣，所以，我的口號就是，克泰克泰克泰，今天每個人都是克泰！」

「克泰克泰克泰，今天每個人都是克泰！」於是大家就跟著喊了一遍。

「你是不是偷偷喜歡克泰？」義梅姐就站在霖昇旁邊問他，大家都跟著起鬨了起來。

「很噁心耶。」旁邊的基督徒媽媽突然說道，現場頓時鴉雀無聲。不是開玩笑，她露出認真的批判神情。霖昇依然笑著，但他的笑容變得僵硬，他不善與人衝突。

「沒有啦，」主管義梅姐立刻鬆解氣氛，「他們，就都很可愛啊，對不對？好啦，大家快去工作，要進入戰區了，記得這個月不送配套，沒有電源線……」

「太像人，很恐怖，不是嗎？人都很糟的，糟蹋所有美好。」離開百貨公司，回到克泰在美村路的公寓，他對琳昇說。

「我喜歡在那家運動用品店這樣逛來逛去，多好。我變成女人之後，他就是在那裡認識我。每一次他不在的時候我走進去，都覺得我可以回到那時候，重新認識他。他一開始就先要我電話，我就告訴他我不是人。」

「難道是鬼嗎？」克泰問她。他本來只是要看看自己收藏的手機，卻透過玻璃的倒影，看到她按摩著腳踝，恐怕是高跟鞋穿久了。他發現，透過玻璃倒影，他竟看了許久。

「他也是這樣回我。我回他說，更糟。」

琳昇似乎感應到他的目光，倒影中她模糊像女鬼。她換一種接近男人的低沉口吻說：「他完全接受我身上的每一個部位，包括我殘餘的男性。」

「我不會笨到去喜歡異男。」好幾年前，霖昇也在門口脫鞋，但脫的是男鞋，很快就換上室內鞋。

「我真的沒差。」克泰那時候對他說，他確實沒有任何困擾或不適。霖昇是真的很照顧他，讓他學習很多。

「我們當朋友當同事，你看，都一年了，我們還是很好的兄妹。」

「賣手機的兄妹。」

「讓我親你。」霖昇突然說。

克泰一陣錯愕，他想到的不是引狼入室這樣的情節，而是開始自顧自地擔心起他是否已經傷害他的感情。

「然後請我吃飯！明天晚上！」

克泰問為什麼，手插在腰上。

「讓我親你！」未等他回答，霖昇就用力地在他嘴唇上親了一下。

克泰輕輕推開他，並不覺得討厭，但發自內心突然覺得好笑。

「還要請我吃晚餐，明天。」霖昇一臉笑嘻嘻。

「為什麼？」

「我要辭職去變性了！然後我要去找人交配，我要把你忘記，就是這樣！」他大聲地歡呼著，那晚，他就睡在克泰床對面的沙發上。霖昇沒有打鼾，也沒有磨牙，克泰印象中那夜他睡得非常安穩。他確實將心裡的大石放下，霖昇和他的關係或許可以不再那麼曖昧，他們就要成為真正的兄妹。

中午時，克泰並沒有在高鐵的載客區等到琳昇。手機也沒通。

他花了段時間把車停好，然後一身汗，襯衫都濕透，走到車站大廳。他先是穿過一團日本觀光客，又是被一票趕車的商務人士擋住路，待離開人群，發現整個大廳都是滿滿的旅客。明明不是假日。

某些當下，他有一種他也即將要趕車的錯覺，甚至忘記他此時此刻的目的，不知道要找的人長什麼模樣。手機還是沒通，他焦急的模樣讓路人側目。高鐵正廣播著往臺北和新左營的車次，他也忍不住低頭又看了時間。

環視人群，印象中，霖昇個子高瘦，走起路來扭來扭去，染一頭金髮，很痞很臺。這時候他一定又會穿緊身的長袖長褲，三八地和他打招呼。自從他轉性並離職之後，都只剩下臉書的聯繫。克泰和琳昇後來見過幾次面，行為舉止還是霖昇，換了身體，她卻是美麗而驚豔的，而且愈來愈女性。

車站落地玻璃外頭，有一名女子奇怪地排徊。克泰也走了出去。天氣很熱，車站的外體像巨型星艦，而且看不見鑑體的頭尾，太巨大了，真難想像這是車站。那金屬外殼變成太古巨鯨，隆隆的龐大脈動震盪著。女人也發癡地看著這矗立在鄉間的龐然大物，她看起來無辜極了，一不小心就會被吞沒，被碾碎，永遠消失。他覺得這景象才真是一把無形的刀，要殺人。

她癡愣著建築物的頂端。兩隻手臂緊緊環繞胸前。克泰站在她旁邊，也隨著她的目光往上。

「有一次我在鄉下開車的時候，它就這樣在我眼前流過去，我以為我看到的是一條白色的龍。差點就撞到前面的騎士。」琳昇低喃著，建築物的頂端是高鐵月臺，列車正緩緩啟動。

「我在那個，載客的地方，妳怎麼沒在那裡？」

「我以為，我想說你應該是在轉運站那邊，可是手機沒電。」她說，「還是常常搭公車？你剛剛不是坐公車來嗎？」

克泰無奈地看著她。轉運站也不在這裡呀。他發現她應該是補過妝，臉上有些色塊糊糊。可能是被丈夫弄糊的，也可能只是太陽，眼淚當然也可能，或是以上三者綜合。

「這是田中某個蛋糕店賣的，很好吃的手工餅乾，裡面有蔓越莓，鮮奶也是用小農的。」她將手中一只小提袋塞到他胸口。

「妳有沒有受傷?」

「你今天賣幾支?」

「有一個客戶談到一半,結果我以為妳要死了所以,妳看,什麼也沒賣出去。」他領著她又再次進入了車站建築。回頭一望,烏日的山坡緣得有深有淺,附近廣場停一架飛機,據說是餐廳。

「妳有沒有受傷?」他又再問了一次。他的心隱隱發疼,莫名覺得自己剛剛好像哪裡被刺傷,被那星艦和星艦旁流浪的女人給弄傷了。

「我想領養寮國的貧童,有一個小孩我想養,真的,金邊附近的村子,越戰時留下的炸彈把他爸媽都炸死。」

「你們又因為這個吵?」克泰幫她拿了手提包,這時她就攬住他的手,而他沒拒絕。

「可是他反對,他的理由是,怕小孩在臺灣被歧視,被人家欺負。我說我也是這樣走過來的,他就說我自私。」她說著說著,可能在哭,因為旁邊有些人在看他們,克泰覺得不自在,他習慣在公共場合保持絕對低調。「我說,這個世界真是爛透了,爛透了。」

「這個世界還是很好的,妳只需要偶爾出來透透氣。」

「那你呢?你會接受嗎?」

他試圖迴避她的眼神。那已經是女人的眼神。

「接受我身上的每一個部位包括……」

「我很尊重妳。」

「少自以為是了，」她貼近他耳邊，輕蔑的女聲，「偽善。」

「我真的對妳沒什麼意思。」

「因為你認識我的時候我是男的，你不要用那個眼神，少來了，你不要以為我不知道你們這些人心裡在想什麼，我就是糟蹋自己。」

「我沒這樣想。」克泰說。

「真假的？」她笑了起來。

「他這樣想的嗎？」

「他嗎？哼。」

「是嗎？」

她又再次靠近他，這次更靠近他的臉龐，「那你現在會娶我嗎？即使我還有以前那個曾霖昇的影子？怎麼，噁心嗎？

「你不要回答。」琳昇制止他。

「妳這什麼問題，妳自己看。」克泰低語著。他覺得自己需要休息，因為他莫名在這時候勃起。他冒著冷汗覺得自己病了。她此刻的男性或許也正堅挺著，克泰想著想著，他想要慎重告訴她，她必須在此刻離開否則他的世界會永遠崩毀，他們之間的關係會永遠毀壞，但他卻說：「我覺得我快死了。」

「不是就叫你不要回答？」

「真的快死了，妳要待幾天？」

「先讓我洗澡再說，我頭痛，看你一櫃子的手機我就頭痛，我什麼都沒帶，借我你的衣服。」她往他房裡走去，背影消瘦而狼狽，「我自己找燈。」

這種高頻率的噪音可能來自地殼，克泰又在中國的網站上看到奇怪的解釋。日本東北發生大地震前一個月，仙臺許多地方都曾有人舉報聽見奇怪的高頻噪音。這些高頻噪音只在某些區段聽得見，這樣的現象叫當地耳朵較敏銳的人都受不了，紛紛去醫院掛診。這種高頻聲音只有少數特殊的人聽得見，通常只有貓狗能聽得到這樣頻率的環境噪音。這文章也說，稍早些，臺灣中部發生大地震前，也有許多人有類似的狀況，耳鼻喉科在地震前也有排隊現象。

他神經兮兮打開大廳的窗。這次他站在狹小的陽臺上。一般來說，半夜站在這種地方的人應該要咬一支菸配啤酒，可他不菸不酒，像精神病患因著神迷鬼亂的意念而窺視外頭的奇夜。

「真奇，明明這裡什麼也聽不到，難道真的有大地震要來？」他發現公園裡的路燈一明一暗地閃，像是故障，又像是什麼來自大地土壤深藏的毀滅性預兆。

「我變成女的了，你對我會不會有好感？」琳昇洗浴後，已經躺在沙發上。

「其實我覺得妳是女生，真的很好。」

「很好？什麼很好。胸部還是扁的，嘴唇也不豐厚，你看。」她的聲音變得非常細小。

「嘴唇很好看的。」克泰真誠地說。琳昇橫躺在沙發，眼睛輕閉像極了一尊神像。沒有慾望的神，沒有性別，但這一切都只是外表，克泰心裡清楚知道那軀體內亦有澎湃的人性，能激烈去愛，激烈去恨，可以被溫柔呵護著也可以殘忍地永遠死去。

「會主動想親我了嗎？這是女人的唇呢，還有女人的身體，都不想想自己多久沒碰過女人。說真的，想不想？」手托著臉，她呢喃如進行睡眠前的禱告。

「妳會待多久？幾天？」

「明明知道我喜歡過你，為什麼不考慮把我救走，我最喜歡英雄救美的故事。」

「我白天還是要上班，沒辦法照顧妳。」

「娶我。」

克泰凝重地盯著她。闔眼的琳昇好像沒說話，他不確定她剛剛是否真有開口，也許她睡著了，是夢話。

「妳知道自己人在臺中嗎？」

「知道啊，幫你洗衣服，幫你煮飯，幫你燙好襯衫。要知道，我真的是好妻子。」

「妳要讓妳老公在家裡擔心嗎？」克泰揉揉眼睛，打了個哈欠，躺在床上。

「你真的擔心我嗎？那誰要擔心孩子，他還要上學，學校說要去遠足，明天的毛巾還有水壺還要準備好，不可以給他藍色的水壺，他喜歡揹粉紅色的。」她低語著，好像真的要睡著。

就是在這個時候，克泰感到輕微的耳鳴。像是被人打了一巴掌後，腦袋瓜裡轟轟的噪音。

「我要在這裡待幾天，拜託你了。」

「為什麼？」

「你還是最好的人，會來車站找我，會幫我拿包包。」

「妳老公會拿菜刀砍我吧？」克泰不曉得自己現在吐出來的句子，是否正在默認可能的未來。他應該拒絕這個，曾經和他要好，讓他在事業上有成就而現在結婚的這個人。

「不會，我不想愛他了。」

「不行吧？我們這樣子很奇怪。」克泰抗拒著心裡的一股悸動，他很久沒有過女人。耳裡的聲音像懲罰他邪念的寄生蟲，攢動著，他覺得心跳和呼吸都不尋常。

「放心。」她給了意義不明的答覆，就睡去了。

在陽臺的時候，克泰有一絲恐怖的想法。他可以就這樣跳下去。Game Over。一切結束。有什麼意思呢？他沒有任何對於生活的不滿，他幾乎可以就這樣活到永遠。對他來說生活就像呼吸一樣，不痛不癢，他可以這樣一個人好好的直到死亡。而現在不就是這一刻了嗎？跳下去。

回到室內，那痛苦的高頻噪音真的變成一種安慰。那聲音竟也轉了調，變低了些，還愈來愈清楚。

他也在網路上讀到，每一個人都曾經想過要自殺。克泰當然也是，但不推薦燒炭。那不一定死得了，而且聽說死前還是非常痛苦，現在買炭來燒還會殃及琳昇。

他走到料理臺看刀子，屋裡的噪音可以就此終結。不過他不想切腹，人都說肚破腸流不但痛苦難看，可能還要苦上數小時才會死去，並且這段時間噪音還會持續。他知道切斷血管死得很快，而且看大家的說法，並不痛。然而他對血還是恐懼。還有繩子，屋子裡有繩子，只可惜沒有好的梁柱，網友說明，上吊是快速而安逸的死法，繩子勒緊的那一刻就像電腦被強制關機，什麼意識也沒有。

克泰好像感覺到了那聲音的形體，他跟隨著那變得低沉的噪音往房裡去。那聲音現在清楚得像是指示。他捏捏自己的脈搏，想像自己就這樣割下去，星艦把他載走，送往遙遠而可能無意識的寧靜裡。星艦旁有女人仰望著，克泰的頭伸出鑑外，女人的聲音送了過來，說：「第一次見了面你就要知道有最後一次因為我愛上別人而且我已經不愛你。」

沙發上坐了一個女人。

「你怎麼不見了？」

「妳起床幹嘛？」

琳昇手裡抱著她的手機。

「有電了嗎？」

「其實應該是壞了。」她站起身來，那聲音也變得劇烈，「他把它摔壞了，我還以為沒電，你聽，好吵，會不會爆炸？」那聲音竟來自手機。

克泰開心地笑了起來。「操你媽的！」

琳昇驚愕地看著他，「只是手機壞掉而已……」

「幹你娘咧！」他瘋瘋癲癲的，第一次喜極而泣。克泰用力抱住琳昇，讓她在他懷裡先是驚嚇然後掙扎。

「你幹什麼啦！」她推著他，「我被你嚇到，靠，這樣會痛。」

可是克泰不在乎，他抱著她，然後把她手機的電池拔掉，手機和電池落地的那刻一切都回復日常。他緊緊擁抱女人，他不在乎女人怎麼想，他也不在乎那個拿菜刀的人會做什麼了。

六、故事課

小說與故事

如何區別小說與故事？按佛斯特的說法，「故事是按時間順序排列的事件」，因此國王死了，接著皇后也死了，是故事；而「小說是按因果關係排列的事件」，國王死了，皇后因悲傷過度跟著死了。故事只有時序沒有因果，而小說的每個事件都需要強烈的動機，動機就是因，它像汽車的汽油，越強烈的動機越是高級的汽油，情節越是跑得遠跑得順。因此寫小說的人需要有很好的邏輯，沒有邏輯，小說就很難入情入理。

譬如在現實中的愛通常沒什麼道理，但小說中的愛通常要比一般強烈，不管是一見鍾情或日久生情，都要處理得很清楚，因此他會為這愛做傻事或是付出生命，才顯得合情合理。又譬如說死亡，一個人要殺死一個人必須具有強烈的動機。在課堂上初寫小說的學生，筆下個個是殺人狂，一個男人到女友家作客，先殺了她的雙胞胎姐妹，再殺她的爸爸，最後殺了媽媽，只不過吃一頓晚餐，竟然沒理由成為滅門血案。作者在小說中無差別殺人，這樣很刺激嗎？其實很沒道理。小說能不殺人，而仍把小說寫得很精彩，那才厲害。

真正的隨機殺人，也必須去把理說圓。像奇士勞斯基的《殺人電影》，裡面一個無聊的無業青年，買了一捆童軍繩，叫了一部計程車，司機是個中年偏老的胖子，車開到郊外無人時，青年要他下車到石頭後，用童軍繩絞殺他，這大概是有史以來最長的殺人鏡頭，司機因為很壯，絞很久還沒死，於是青年撿了一顆石頭把他的頭砸爛，這讓我們知道，縱使殺死一隻蟑螂都很難，何況是殺人，這是人殺人的故事，看來沒有動機，覺得殺人者冷血無人性。

接著是法律殺人，律師為了拯救他，跟他細談，知道他有個殘暴的父親與悲慘的童年，盡力為他辯說，但是青年還是被判死刑，而且是絞刑，執刑的過程非常漫長，青年也被一根繩子絞死，從囚牢走到執刑室，打針，套頭套，行刑到掙扎，因為演得太逼真，演員也嚇得差點昏倒，導演將兩件殺人事件排比在一起，讓觀眾自己判斷。一樣是殺人，都很恐怖，都有動機，因有動機，更讓人覺得真實，殺人固然該死，然設立法律與程序的殺人更恐怖。

雖然是電影，它拍得很寫實，非常有真實感，故事性也很強，這是一部專門討論殺人的電影，建議愛在故事中殺人的都去看，才知道我們對死亡瞭解得太少，寫作者對自己不瞭解的事物盡量不要寫，好的故事都是是從生活中來，好的文學也應如此，來自生活，最後又回到生活。

生活事件↓生命故事↓創作故事

我在看電影《人間有情天》時，朋友告訴我一個真實的故事，令我特別感動，它跟電影的故事接近。一個心理醫師的兒子意外死了，家人無法接受這痛苦，心理醫生不斷追究兒子的死因，直到兒子的女友出現，她正要帶著男友到遠方旅行，心理醫生一家人開車，長路迢迢送他們到目的地，只為多看女孩一眼，愛是治療死亡的最佳良藥，而死亡來得這麼急促，是永遠沒有答案的。我根據此寫了一篇小短文〈悄悄看她〉：

總是在女孩值班的時候，她來到超商，躲在角落假意瀏覽商品，其實是在看她，時間不一定，有時一小時，有時一個下午，一個人怎麼能在超商待這麼久？一般人頂多十分鐘就迫不及待走了，會來超商買東西的，通常是急，或者懶，或者習慣性消費，或者是愛上超商那種匆匆之快感。

女孩知道有人看她，卻假裝不知道，誰都不喜歡被這樣看，她有時也想辭職算了，但她知道無論到哪裡，那女人都會來看她。到底要看多久呢？女孩想著覺得無助又悲傷。

一直到快下班，女人才來結帳，通常是很便宜的小東西，結完帳，遞給她一千兩千紅包，剛開始還拉拉扯扯推拒，這推拒不了的，女孩只有接受。它變成某種儀式，女人進門，看她，給她錢，離去。

如此進行了一年，女孩要到臺北念大學，女人最後一次來時，給她一筆錢，一個擁抱，然後說：「謝謝你！」

女人的獨子是她的男友，一年前死於一場車禍，才十八歲，悲劇來得太突然，男朋友還來不及把她介紹給母親就走了。女人在兒子的日記中發現他有女朋友，喪子的悲痛讓她活不下去，每天躲在家裡哭泣，直到她來到超商，看到兒子心愛的女朋友，看來長相普通的女孩，渾身散發著異樣光芒，女孩的悲痛不亞於母親，但她選擇堅強地活下去，女人看到她，好像看到兒子，或者是愛自身。

過於強大的悲哀，需要轉化與投射，每天她搭很久的公車，來到這小小的超商，只要看到女孩，並給她一點零用錢，她就能心安地離去。

她們原是陌生人，還沒有熟到可以相擁哭泣，或傾吐心事。她們像是依附在死神上的連體嬰，只能遙遙相望，讓悲傷不斷流出。

可憐的母親啊，你不知道女孩以愛來忍受這死之凝視，你也不知道，女孩的家中貧困，你給她的零用錢，存起來可以供給她念大學。在冷酷的人生中，你們幫助彼此，也治療了彼此。

生活中的小故事源源不絕，有些事比小說還感人，更具有戲劇性，不妨先就生活故事作練習。

延伸閱讀

1. 奇士勞斯基《殺人電影》
2. 佛斯特《小說面面觀》

故事與小說的型態

除了生活故事，由簡到易，短到長，幼到長，從寫故事到小說可分為幾個型態：

1. 童話故事：《灰姑娘》、《白雪公主》美醜、排行、寶藏、打架。

2. 民間故事：〈白蛇傳〉、〈廖添丁〉道德勸說、戲劇性。

3. 繪本：讀者層有針對性的分齡與無齡分別。

4. 少年小說：少年小說是為青春期的孩子而設的，他們生理長大了，情緒未完全，也就是說這個時期的他們特別的感性與浪漫，甚至較不易控制自己的情緒及行為，因此在寫法上更要貼近他們最切身的問題。常見的少年小說主題大概分為四類，分別是自我實現（英雄故事或成長故事）、人際關係（心理小說）、社會議題（時事或歷史小說）以及想像未來（科幻或未來小說）。

5. 類型小說：科幻、武俠、推理、奇幻……，它的特色是幻想力的寫作，多少有逃避現實的趨向。幻想力是逃離真實生活的虛構。

6. 純文學小說：第一流的小說是無法被改編的，他們是面對自我與現實的寫作，是想像力的產物．想像是建築在現實基礎上的虛構。

童話分類

1. 古代童話

如《一千零一夜》，〈阿里巴巴與四十大盜〉是個讓人百讀不厭的故事，小時候的床頭書就是這些與安徒生、格林童話，三劍客的故事我也喜歡。在漫長的暑假中從這些故事中得到驚喜與啟發，不小心流入成人小說《紅樓夢》、《茶花女》、《孤雛淚》……，那時我有個早熟的朋友與姐姐，我們一起分享閱讀的喜悅。讀完後會互相討論，我到底讀了多少故事與小說？有個統計說在少年前讀過一百五十本的會是秀才，讀過三百本的是奇才，我的估計是在一百本至三百本之間。閱讀很重要，真的很重要。

2.「狂想旅程」(Fantastic Journeys)

如《愛麗絲夢遊仙境》 描寫女孩掉進一個洞，經歷許多怪誕離奇的場面與人物，人物會變大變小，你可以說它是神話，在神話中「變形」是個重要的藝術特徵，這個故事像個夢境，可說是帶有超現實與心理學色彩的故事；另外，我特別喜歡〈青鳥〉的故事，一個孩子為了追尋象徵幸福的青鳥，走遍許多國度，每當要找到時，青鳥便消失無蹤，最後發現真正的青鳥就在自己家中。這個故事是兒童版的奧德賽，能在浪漫情節中說明真理的樣貌，所謂的幸福是否跟真理一樣難尋而不可得？你也可以置換其他的語詞放進其中，一樣說得通，因它充滿象徵意義。

3. 民間童話

格林兄弟為研究德國的語言、文化、民俗，研究德國的民族精神而深入民間，廣泛蒐集民間故事和民間童話，這才使民間童話在更本質的意義上，顯示出自身的特殊價值。

4. 創作童話

如安徒生童話，他先是詩人、劇作家，然後才是童話寫作者，在一八二二年初次發表作品《嘗試集》，含詩劇及故事共三篇。七年之後，一八二九出版長篇幻想遊記《阿馬格島漫遊記》，四月創作喜劇《在尼古拉耶夫塔上的愛情》在皇家歌劇院上演。同年也出版第一本詩集。一八三〇第二本詩集出版。一八三一～一八三四出版長篇自傳體小說《即興詩人》。可以說在他寫作的前十幾年跟一般的作家並無不同。

他為什麼會寫童話故事呢?這讓我想起自己,十四歲寫散文,十六歲寫詩,十八歲到二十八歲寫小說,第一本出的書是散文集,大約寫到第二本,一個兒童版主編邀我為兒童寫故事,她看了我的散文認定我會寫兒童小說,我從沒寫過,寫了有點自傳意味的故事《醜醜》,因為兒童故事的主角通常是美麗的,我想寫一個有點醜非典型的小說人物,一個醜女孩追求美的故事,反應如何我不知道,但主編也是兒童文學作家告訴我:「兒童文學作家最寂寞,讀者是小朋友,他們只想知道故事中的人物,不想知道寫故事的人是誰。」因此兒童故事的作者,要有當隱形人的心理準備。寫完《醜醜》,又寫了《藍裙子上的星星》,反應還不錯,刷了一萬多本,這時有點感覺,但也不確定。那些自稱自傳色彩濃烈的故事就是兒童故事嗎?還是兒童與少年時期的回憶與虛構?到寫《小華麗在華麗小鎮》才真的是為兒童書寫的故事,主要是主角的設定已脫離自己的色彩,而是真的鑽進兒童的心靈與世界。

安徒生一直到一八三五才出版第一本童話集,裡面有四個故事:〈打火匣〉、〈小克勞斯和大克勞斯〉、〈豌豆上的公主〉、〈小意達的花兒〉,豌豆公主的故事我很喜歡,小如指頭的公主就像小孩的超迷你活娃娃,安徒生怎麼這麼懂得孩子的心？

他最具代表性的故事是《醜小鴨》與《賣火柴的小女孩》，完成於他中年時期四零年代，一八六〇發表《沙丘上的故事》。一八六八發表《樹精》。一八七〇晚期最長一篇作品《幸運的貝兒》，共七萬餘字。晚期的作品較少人討論。我最喜歡的是王爾德《快樂王子》：它訴說一個雕像王子，身上鑲滿寶石，寒冬來臨，許多人瀕臨餓死，王子要燕子啄去它身上的寶石，去救濟窮人，可是窮人太多，王子身上的寶石都被啄光，他最後也失去生命。

像這些動人的故事充滿原創性，作者的想像力驚人，寫好小說不容易，寫好故事更困難，因此更值得挑戰。

在兒童故事之外的少年小說，適合九至十五歲的少年閱讀，既然有小說的意味，代表它可以更現代、更新穎，更接近人性描寫，才能貼合現代的情境，少年小說多是成長故事或冒險故事，如「小華麗」系列，而怪咖少年是一個家庭故事，它結合奇幻、冒險、成長元素，在結構上雙線並行，說明少年小說也有實驗的可能，創新的可能。

作品欣賞：

怪咖少年——實作與分析

小米，十三歲，中國來寄讀的學生，沉迷吸血鬼故事，愛吃，雙魚座

NOKIA，十三歲，家境較差，用的是爸媽的淘汰機，對畫畫最有天分，天蠍座

果粉，家境小康，是才藝迷，沒一樣精通，雙子座

MINI，家境最好，個性卻低調很酷，處女座

故事才剛開始

現在人誰沒手機，不管什麼牌，樣子長得都差不多，只有價格差很多，因此他們四個好友都以手機為小名，「MINI」堅持只用平板，而且是MINI PAD，因此也被稱為「MINI」，她沒有手機帳號，只用臉書跟家人聯繫與打遊戲，她從小被管得很嚴，也只有在許可的時間才用臉書訊息，除此之外她喜歡卡通，下載多到爆，卻沒時間看；使用小米機的嗚，六歲就從大陸來臺灣，

寄住在親戚家，她講話聽不出口音，長相也很臺，只有小米機是大陸的爸媽幫她辦的，她很想換新型一點的，但一直沒通過，她討厭小米，然而大家還是叫她「小米」；長得更臺的NOKIA，來自南部，講話攙雜許多臺語，他的爸媽反對小孩用手機，所以丟給他早就淘汰的機子，居然還能通話，他很少拿出來，覺得是恥辱，就當它是道具；他們當中只有「果粉」熱衷於滑手機，傳訊息，又喜歡下載新貼圖，每個月手機費多到驚人，但她已用到紅色i7，現在正等i8，聽說他們一家都是果粉，家庭團聚時間，每人一臺電腦，各占一個角落，假裝處理工作或作功課，滑手機是不行的，太輕浮了。

他們四個剛好在班上坐前後左右，較高的果粉與NOKIA掩護後面的小米與MINI，他們兩個一個愛偷滑手機，一個愛畫畫，國一的數學很無聊，每人都有一本綠色的大方格作業部，有一次小米在其中一個格子上畫了吸血鬼，是個女的，頭上長著小角，雖然嘴角有血滴，這隻看來很可愛，穿著小斗篷，穿圍裙長襪，簡直是羅莉塔版吸血鬼，畫好後傳給MINI看，她接著在下一格畫了一個很帥的男孩，是個很像小王子那樣的男孩，有著往上飛的短髮，與孤獨的表情，畫傳到果粉，她畫他們在古堡相遇，兩人一見面就吵起架來，臉孔都很凶，傳到NOKIA，他說：「這什麼鬼？我最討厭古堡跟吸血鬼！」他畫了大海上一艘船，上面是娜美一般的女孩，站在船頭，一副驕傲的樣子。

「我們畫得好好的，你幹嘛不合作？」小米說。

「偶討厭吸血鬼故事，偶愛海洋冒險故事。」NOKIA回。

「先畫完這故事，再畫航海王。」MINI說。

「不，先畫完這個，我才勉強配合。」NOKIA很堅持。

「那就各畫各的，看會怎樣。」果粉說。

接下來小米畫吸血鬼女孩與小王子進去古堡探險，裡面住著更多的吸血鬼，根本這就是他們的王國；MINI畫羅莉塔吸血鬼想救小王子出去，小王子卻被拉開；果粉畫小王子被囚禁在地窖中，NOKIA畫航海的娜美航行到無人島，遇到風雨，她被吹打到無人島，船觸礁毀壞，她在島上摘果子捕魚維生，無聊時她在山洞上寫字，「今天天晴，海浪平靜，我在等待一艘船，它將載我離開這裡。」

「魯夫什麼時候出來呢？」小米問。

「這不是海賊王，她也不叫娜美，她叫威威，是跟魯夫一樣勇敢的女孩。」NOKIA說。

「那我們的男女主角要叫什麼？」

「女主角叫愛蓮娜。」小米說。

「男主角叫古斯。」MINI說。

「通過。」果粉拍掌。

「有了名字，臉孔性格更鮮明，我們的故事會贏的。」小米說。

「我沒想要比賽，啊就有感覺才畫。」NOKIA說。

「那威威她不尋找寶藏嗎？」MINI問。

「不，她尋找一個無所不知的魔法師和一個魔法國度。」NOKIA說。

「是一個類似魔戒的故事？」果粉問。

「我怎知，故事才剛開始。」NOKIA說。

「我們的故事都才開始……」小米、MINI、果粉一起說。

這時放學的鈴聲響起，他們將算數作業簿交給第一棒的小米，不知她會如何畫下去，大家都為這故事遊戲感到興奮。MINI有車子接送，果粉住學校旁邊，NOKIA與小米都是住親戚家，他們一起搭公車，坐到西門站，先到麥當勞寫作業，一直等到晚飯過後約七點才各自回家，這個時間是經過精算的，也就是親戚一家剛用完晚飯，不能早也不能晚，太早，他們正在吃飯，一陣慌亂，好像特地回家吃飯，打壞闔家團圓氣氛；太晚，他們會不高興，寫作業是經過報備的，不能晚過七點，好像約好似地，剛踏進門，他們都剛吃完正要離席，桌上有留菜，菜雖冷了，但小米喜歡一個人吃，快速吃完，把碗筷洗了，桌椅擦乾淨，然後回房。她住的是姨媽家，姨媽嫁給臺商，生了表妹。說是表妹，兩個同年級，正是相互忌妒的年齡，把小米當賊防，她得精靈些。

NOKIA住舅舅家，他們沒孩子，兩個都是上班族，習慣外食，外食是經過精算，省時又省錢，如今有了NOKIA，這樣更省事，要不然要做三人的飯很麻煩。舅舅與舅媽下班後吃完飯才回家，會替他帶一份便當，時間也是要算好，不能比他們早，也不能比他們晚，早了，他們有壓力，晚了會說：「太可惜了，便當涼了，買的時候熱騰騰的。」好像便當比他重要。

MINI回到家，爸媽都還沒回來，他們回來MINI大都睡了，只有奶奶和外傭在家，奶奶坐在輪椅上，她也有一臺iPAD，她只開視訊，跟美國的叔叔、阿姨們講話，但是叔叔、阿姨至多一個禮拜視訊，還得約時間，雖然如此，她整天抱著iPAD等待，彷彿那才是她的家，這個家真是太空太靜了。

果粉的家雖在學校旁，她沒有直接回家，先到安親班報到，她從幼稚園就在這安親班長大，學了心算、書法、圍棋、鋼琴、舞蹈……，學這麼多才藝不知要幹嘛，但學了這麼多年，要割捨也不忍，安親班的老師更像家人，給她吃，陪她說話，她是這安親班的元老學生，像她這樣有長性的也只有她一個，小朋友都叫她姐姐，她是他們的小老師，她感覺在這裡比在家自在，爸媽三年前離婚，她跟著媽媽住，因爸爸再婚，媽媽不太肯讓她到爸爸家，爸爸要看她只有到安親班，來的時候帶很多吃的請老師與小朋友吃，她覺得安親班更像家。

小米洗完澡都十點了，她都是最後一個洗，打開畫冊，她畫愛蓮娜為了救古斯，奔走於古堡中，沒人願幫助她……，畫完她想了想，接著畫NOKIA的故事，威威孤獨地坐在海邊，遠方海面上有艘船漸漸靠近……。

創作重點：

一、說明小說如何開始，人物設定與故事大綱。

二、小說的開頭不要從頭講起，要從特殊事件的發生開始，小說是用正常的語言描述反常的事件。什麼是反常呢？狗咬人是正常，人咬狗就是反常。一群小朋友在學校聊天打屁是正常，突然在算術簿上合寫故事就是反常，然她們各自有自己的生活日常與故事，這種故事中有故事的寫法，叫「套中套」，是能虛實交織，顯現小說的「複雜藝術」，人性的複雜與情節的複雜。

三、人物要有新鮮感，越貼近現代生活越好，在手機時代，人們都受它制約，或者迷上它，它們是慾望的集合。用手機帶出人物的特性，人物Character＝choice，人物等於選擇，這包含三種選擇，第一個選擇是你選擇什麼樣的人作為你的主角；第二個選擇是你選擇什麼樣的個性作為人物的特色；第三是人物作什麼選擇。

四、為人物作個小檔案，越細越好，什麼血型什麼星座，喜歡什麼顏色與打扮，走路的樣子、口頭禪、優點缺點，最大的煩惱與夢想……

五、主要人物如果多過三人，最好有人物關係表與故事大綱，如果是短篇著重在一人一事即可；如果是中篇，一人多事或多人一事；長篇則是多人多事。

六、小說的要素，依重要性，順序為人物、情節、對話、敘述觀點、場景、主題……，寫活人物最重要，人物鮮活，情節普通，讀者還是會原諒你；反之，情節機巧，人物僵死，不管故事如何精彩，終究會被忘記。人物分為全死人物，也就是只有名號，完全記不住，沒有生命的角色；另外是半死人物，是讀著彷彿有記憶點，闔上書馬上忘記的人物：再來是半活人物，是讀著覺得鮮活，讀完隨之忘記的人物；全活人物，是完全被他吸引，比真實人物還難忘記，我們死了，他們繼續活著的人物，如孫悟空、豬八戒、宋江、李逵、賈寶玉、林黛玉、王熙鳳……等，他們已進入民族畫廊，具有永久性。少年小說如愛麗絲、小王子都是全活的人物。

七、本文介紹主要人物上場，他們的個性還有家庭背景，故事是以四個好朋友畫連環漫話開始，是一個故事中有故事，兩條線交織的結構，或稱「套中套」，本來是各畫各的，小米將兩個故事合為一，這是愛心的展現，也因寂寞不願選擇，不願選擇也是種選擇，如何分配兩個故事就成為這種寫法的重點，通常是被寫的故事較弱較散漫，但慢慢的它會變強，而成並峙，而且最好能相互呼應。這種寫法雖較複雜，但很有挑戰性。

開進點：願生命有愛

大家都在等小米的故事，拿到手後，MINI與果粉大叫：「你變節了，怎麼兩個都畫？」

小米說：「就有感覺就畫啊！畫兩個故事更好玩，我都可以哦。」

「不行，我不喜歡航海故事。」MINI說。

「我只喜歡吸血鬼。」果粉說。

「謝謝小米，故事會不會快了點，她才到荒島耶。」NOKIA說。

「如果一直一個人生活，那就變魯賓遜漂流記了！」

「也是，那我來接。」

NOKIA畫一條船靠岸，這艘船是海盜船，對威威不懷好意，他們想把她載走賣掉，船長的兒子叫傑夫，他心地善良，暗中幫助威威。小米畫威威對傑夫說：「船會經過黑巫島嗎？我想去哪兒。」傑夫說他也想去黑巫島。

MINI畫愛蓮娜去找巫師救古斯，巫師說森林中住著鋼鐵武士，只有他們才能抵擋吸血鬼，果粉接著畫鋼鐵武士，他們住在另一個城堡中，全身鋼鐵盔甲，手持利劍，果粉接著畫鋼鐵武士的頭領是朱莉亞公主，她原是白城堡的公主，吸血鬼入侵，占據她的國土，當時她還很小，被鋼鐵武士救走，她現在長大了，準備復國。MINI畫朱莉亞公主質問愛蓮娜：「你也是吸血鬼，鬼國之人不會背叛人類嗎？或者你是鬼國派來的奸細？」小米接下畫愛蓮娜回答：「其實我的媽媽是人類，爸爸雖是吸血鬼，但他們非常相愛。」因此被逐出白城堡，在外流浪生下她，但人鬼戀，生命力越來越脆弱，他們很早就死了。愛蓮娜說：「我也只有十五年壽命，再過半年我就會自然衰竭而死，所以我不會背叛你，我想救古斯。」

「她為什麼要救古斯？這講不通，她也是吸血鬼。」NOKIA說。

「因為她愛上古斯。」MINI說。

「前面他們不是互看不順眼，還在吵架嗎？」NOKIA說。

「戀愛不就是這樣，第一眼看不順眼，越看越順眼。」果粉說。

「你又知道了，你談過戀愛嗎？韓劇看太多。」NOKIA說。

「我們才十三歲，都沒談過戀愛，但是愛情也有友情的成分，我們不就越吵越好，想當初，我們剛認識時，也是互看不順眼，現在我們這麼好。」果粉說。

「也是啦。」大家都說。

小米比他們大一歲，今年十四歲了，她有接近戀愛的經驗，那時還在大陸，小學五年級來了一個上海來的轉學生，跟鄉下孩子不同，顯得斯文早熟，兩個人互相傳紙條，送卡片，看到他進教室就開心，請病假沒來那幾天，她心焦如焚，覺得每時每刻都想著他，這就是戀愛的感覺嗎？很快的，她決定要來臺灣，臨走前，他送小米一個他組裝的機器人，小米送他一個皮製的手機套，就這樣，之後再也沒聯繫，只有常看他發的微博、這算是愛的感覺嗎？

MINI小時候在美國住，讀幼稚園時男女生就會玩男朋友女朋友的遊戲，TOM常跟她一起玩，後來回臺灣時，他送她一個鐵皮旋轉玩具的迷你旋轉馬車，非常精緻，還真的會旋轉，她珍藏這紀念品一直到現在，他們曾經通信到小學二、三年級，TOM越長越好看，他拉小提琴，還常比賽或表演，每到一地就會寫信給她、因為他，她也學鋼琴，這是青梅竹馬，還是過於早熟的愛，她很迷茫，因為TOM的信突然中斷，他被送到德國學音樂，可能換了環境不適應，從此沒音訊，她為此難過許久，這算是愛嗎？

那天是小米的生日，雖然爸媽早就寄禮物與生日卡過來，姨媽也買了蛋糕，特地等她回來才開飯，並為她唱生日歌，她也許了願：「願爸媽健康快樂；願功課進步。」跟往年差不多，今年多了一項：「願生命有愛。」但是回到房中，從黑暗中打開房燈那刻，她覺得有絲寂寞，這時手機聲響起，轉成視訊，出現果粉與NOKIA的臉，一個變裝為愛蓮娜，一個打扮成威威，都對著她跳舞三分鐘並唱生日快樂歌，然後拿出禮物，裡面也有MINI的，他們齊說：「生日快樂，Surprise！！我們沒有忘記喔！」原來他們串通好，整天故意裝不知道捉弄她，她內心好像放著煙火。

原來生命中一直有愛存在，只是我們沒發覺而已。

她拿出畫圖本，先畫森林中突然冒出許多小吸血鬼，他們說；「我們願意幫助你，一起救古斯。」接著畫海盜船經過黑巫島，傑夫陪著威威在黑夜中划小船進入黑巫島。

創作重點：

一、小說的開端常常太遲，有些是場景描寫太多，如「天空的晚霞正豔麗，城市卻紛紛亮起燈火，一棟棟大樓似乎都有了自己的影子，大家都不記得風吹的樣子……」，為什麼小說的開頭都要從天空寫起？或者城市，或者樓房或者風風雨雨，這些靜態的描述頂多一句，兩三句或一段或一頁就太多了；還有回憶或心理描寫或作夢都不適合出現在短篇的開頭。小說最好從最中間或最突兀的那個點進入，如果是動態最好，如雷馬克《凱旋門》的開頭「她走路搖搖晃晃像木偶一般，朝他走過來……」。

二、所謂開端是「前面沒有事情發生，後面必有事情發生」的那個點，如果事件已發生或情節已發動，我們把它稱為開進點（**attack point**）。

三、本文是一至兩萬之間的連載故事，算是少年小說中篇，長篇約在三萬至五萬、中篇一萬至三萬，一萬以下算短篇，一千字左右是極短篇。比一般小說型製小，少年小說一般針對的年齡是九到十五歲，還需要注音符號、插圖，三五萬就能成書，長篇一般是多人多事的複雜結構，講究的是延展性、錯綜性與悠閒性需要一波未平一波又起，時空也會大些：中篇則以一人多事或多人一事為主，時空與規模更小一些，可集中寫好一個人或一件事；短篇以一人一事為主，講究的是集中效果或單一性，人物單一，時空單一，越單一則越集中。本文描寫四個好朋友畫連環故事的，屬於多人一事，雖然兩線交織，情節並不複雜，算是變化的寫法。

四、九至十五歲剛好是兒童變成少年的階段，也是跨兒童期與青春期，有點叛逆，是從1的自我中心世界，意識到他人的存在一樣重要，友情至上的時期，對異性有點好奇但懵懂，覺得世界很恐怖，因此逃遁到種種異世界的幻想。

五、故事是從小米將兩個故事寫在一起，情節才真正發動，小米為什麼要寫兩個不一樣的故事，因為她很寂寞，朋友就是她的一切，因此想讓每個人的故事都能發展，最重要的不是故事怎麼發展，而是友情啊！

六、我寫少年小說，常觸及較特異、有點邊緣的人，難免觸及人性黑暗面，然少年小說還是要以美善為主，主題要光明些，然而完全光明的世界怎能可能存在？因此那些黑暗面往往化身為魔鬼或邪惡的力量，現實的世界每個人都有不為人知的寂寞與苦楚，渴望被愛被注意，因此愛的主題就更為需要了。

七、現在的孩童與少年較為早熟，與異性不一定是愛情關係，但也不無期待，是一種前愛情關係的純情，以更深度的友誼為嚮往，少年的新思像風一樣，很不容易捕捉。

八、短篇的結構通常有明顯的頭─中─尾，頭是開端，中是衝突與高潮，衝突接近高潮，尾是結局，如安徒生的〈快樂王子〉，；而中篇有開端─開展─較多衝突─高潮─結局。如〈小王子〉，開端是他遇見飛行員，為了只有四根刺的玫瑰開始流浪，途中到過許多星球見到不同的人，這是連續衝突，他突然瞭解他的小星球與玫瑰才是他的一切，這是高潮，最後返回自己的星球，至是結局。長篇如〈愛麗絲夢遊仙境〉，情節較為複雜，開展性更高，更難得地，它有種田園詩似的悠閒氣息，作者建立一特殊時空，讓我們掉進去。

開展─幻想父母

果粉的爸媽都是大公司的小主管，弟弟綜合爸媽的優點，長得漂亮，又伶俐嘴甜，她長得既不像爸爸也不像媽媽，他們都是白皮膚，弟弟更白，只有她的皮膚黃而略黑，脾氣又嗆，遇有衝突不是悶在心裡，就是愛頂嘴，爸媽氣壞了就說：「你這麼不聽話，到底是不是我女兒，還像不像姐姐，哪像你弟……。」這時弟弟就抱住媽媽用哭腔說：「媽媽不要生氣，我好怕……。」弟弟上學後表現優異，果粉就是中上，怎麼努力也拚不過弟弟，他才十一歲就長得比果粉高，爸媽都算高個子，果粉就是黃黃乾乾的小個子，有一次聽見爸媽細聲談話：「…會不會抱錯，同時生的孩子太多了……。」、「……就算抱錯，都這麼多年，我不想……。」他們以為她不在家，雖然說的話聽不太清楚，她的心已破了個口，各種奇怪的想像都從那裡湧現。

如果是抱錯的，那麼她是誰的孩子？親生父母是誰？長什麼樣子？從此她在街上，注意來來往往的中年男女，他們之中有一個是她的爸爸或媽媽？是那個打扮時髦的上班女子，還是提著購物袋去買菜的家庭主婦？或者是在街邊賣衣服、吃食的攤販？美容院的老闆或阿姨？每個都有可能，但她寧願相信才藝班的美術老師是她的親生母親，是她主動到她家請求教她畫畫，那時果粉才四歲，美術老師原是她幼稚園的老師，後來自己開安親班，她特別疼愛果粉，誇她有畫畫天分，她喜歡畫畫老師，覺得兩人更相像，而她更喜歡待在安親班，那裡更像她的家。

她常覺得寂寞想哭，時而憤怒不平，時而憂傷鬱悶，好像這世界只有她孤單一人，她想把這些心事寫下，又怕爸媽發現，這時她通常傳些奇怪的訊息給朋友，尤其是小米，小米離家的孤單心情她最能理解，睡前她們會聊天：

「好想離家出走！」

「你家那麼漂亮溫暖，怎麼捨得？」

「我是這個家多餘的人……」

「亂講！我才是無家可歸的人。」

「無父無母比無家可歸更慘ㄋ！」

「你怎會無父無母？我很喜歡你爸媽，他們有氣質又親切。」

「我懷疑我不是他們親生的……」

「真假，是你幻想的ㄋ？」

「真的，我偷聽到的。」

「耳朵聽的不一定是真的，要用眼睛看，他們愛你不是ㄇ？」

「更愛弟弟ㄌ！」

「告訴你一個祕密。」

「蛤？」

「我才真正是爸媽收養的，但他們真的很愛我，也在很早就讓我知道，帶我去看親生父母，他們孩子多，生活不好，感覺養的比生的親。」

「如果知道他們在哪裡，能看上一眼會甘心一些。」

「別想太多，也許這一切是你幻想出來的，你想像力太豐富了，畫畫吧！可以是出口。」

「嗯，畫畫是我們的出口。」

果粉現在非常投入威威這個角色，她畫威威與傑夫為了抵達黑巫洞歷盡千辛萬苦，途中遇到蘑菇精、藍水妖的襲擊與圍捕，還好朱莉亞公主與鋼鐵武士相救，才保住性命，朱莉亞公主聽說他們想去巨巫洞，極力阻止。

「不要惹他們，千百年來他們不問世事，只管修行，不會幫著你們的。」

「我有印信，金面巫后是我的教母，我在黑巫洞長大，是金面巫后親手教養我，她說憑這印信可以通行無阻。」威威拿出海貝，不料海貝在他的手中漸漸融化，終至消失。

「這是他們預知你們要找他們，將印信融化。」

「怎麼辦？」傑夫說。

「沒關係，我有傳心法可與巫后直接溝通，但要靠近黑巫洞一些。」

在鋼鐵武士的保護下，他們走了三天才抵達巨巫洞外圍的森林，但見威威坐在一棵大樹下，閉上眼睛，雙手抱胸，呼喚金面巫后：

「巫后，我的母親，我回來了！你聽見我在呼喊你嗎？多年來我日日夜夜想念著你，是你一手將我撫養長大，你是我的母親，我想要見你！」

此時忽然下起大雨，在大雨中，一道強光排開大雨，金面巫后出現，她的臉絕美，潔白中閃著金光：

「巫后，我的母親！」威威不斷呼喊著，臉上滿是淚水。

「我兒，你終於回來了！是我的呼喚把你喚回來的嗎？」

「是的，我時時刻刻聽見你的呼喚。你沒有去找自己的親生父母嗎？」

「找到了，但你賜我靈力與巫法，你是我心靈的母親。」果粉畫到這裡，眼淚流個不停，教養的父母跟親生父母一樣重要，這是畫要告訴她的，還是自己的心聲呢。

創作重點：

一、這個章節著重在果粉的身世，她懷疑自己不是現在父母的親生女兒，她的困惑與痛苦都投注到畫畫中，與連環故事中威威與金面巫后的養育之恩有對應的關係，如此故事主體是她們的現實生活，連環畫則反映她們的內心世界，如此故事才有層次。

二、所謂開展就像撒網，網張得越大，撈捕的魚更多；又好比孔雀開屏，張開一點不夠看，要完全張開才會令人驚嘆，當它全開而且顫動，令人目眩神移，這是高潮了。如果小說始終施展不開，故事就無法扣人心弦，這時展開意謂著所有人物都躁動起來，各自發展她們的故事，如此網越張越大，就能捕捉到更多魚。

三、小說的第二個要素為情節，情節等於衝突＋解決。衝突有表面的衝突與內在的衝突，表面的如美與醜、好人與壞人、仇敵、比賽、戰爭、決鬥……，它們也有些心理因素，然而一切衝突都是明顯而態勢確定，可以馬上判斷，可說是較單純的衝突；心理的衝突如純真與邪惡、理想與現實、夢想與幻滅、虛無與存在……，越隱微的衝突越深刻，兒童故事的衝突通常較為單純，如〈白雪公主〉是美與醜的衝突、〈灰姑娘〉是麻雀與鳳凰的衝突；本文的衝突是夢想與現實的衝突，故事的人物在現實都有些缺憾，他們在故事中尋找夢想成真的可能，也可說是孤獨與愛的衝突，他們有著不為人知的孤獨，因此追求友情與愛，在故事中的故事雖然有好人與壞人的簡單衝突，也有虛幻與真實的對抗，因此它並非單純的少年小說，而略帶一些心理學的意義。

四、情節要注重自然、合情合理、真實、懸疑、驚喜，每個衝突都有動機，動機越強烈，則隨之而來的追求越合理。假設一個越孤獨的人，那麼他對愛的渴望越急切，這就是他的動機，如哈姆雷特為何要殺他的叔叔？因叔叔殺了父親並篡奪皇位，他背負著復國的責任，可是他的個性軟弱好猜疑，每到有機會報仇時猶豫不決，而導致一連串的悲劇。他殺人的動機很強烈，因此種種報仇的行為很合理。

五、本文以四個少年少女的生活為主，如果完全寫實，就會失去驚喜與懸疑效果，而顯得過於平淡，連環故事的即興發展，多少有些想像與超現實情節，故事剛開始有些類型小說的套路，但越往後發展，它也有了自己的生命力，而且形成對應關係。

六、小說與故事最大的不同是，故事描寫按時間排列的事件，因此我們聽故事最喜歡問：「然後呢？」小說描寫按因果關係排列的事件，所以說國王死了，然後皇后也死了，這是故事；國王死了，皇后因過度傷心也死了，處理她如何傷心，這是小說。

七、小說是虛構還是真實？從大處來說小說在大處叫Fiction，應該是虛構的，所有具想像力的文類都是虛構的，但小說有另一個名稱叫Novel，Novel等於new，指的是一些新的事物，傾向真實發生在我們四周新的事物，因此小說有虛構也有寫實的一面、

八、小說與歷史關係，歷史是描寫已然發生的事件，小說是描寫可能發生的事件，可能發生但不一定會發生，如人忽然發現自己變成一條蟲，或者描寫二〇五〇年的世界，在幻想的世界充滿各種可能，這便是小說迷人之處。小說與歷史皆有真實性，歷史著重客觀的真實，小說著重主觀的真實，它們的共通點是「永久的人」，也就是說只要進入小說或歷史，就具有某種永久性。歷史描寫全面，小說著重細節。如安史之亂八年，在史書上只有戰役的主將、時間、地點、輸贏的記載，不知道老百姓如何生活，杜甫的「三吏三別」及其他新樂府，被稱為詩史，它們都記載了戰爭的人民骨肉離散之苦，有人物、情節、對話、觀點的變話，把它們白話

化，就是小說了，它們充滿細節，這便是小說迷人之處，有時它用望眼鏡看世界，有時在顯微鏡底下看世界，故能寫出肉眼看不見的事物，赫拉巴爾把它稱為「鑽石孔眼」。

繼續開展——

MINI回到家，偌大的房子只有管家阿姨，媽媽又到美國看弟弟，爸爸則深夜才回來，作為大公司老闆，常在各國飛來飛去，在英國、美國、日本都有房子，小時候她在美國住了幾年，直到弟弟出生，她才被送回臺灣。印象中母親從未抱過她，現在對她也很冷淡，只要一靠近她，她就說：「不要碰我的衣服，剛買的新衣。」母親的衣服很昂貴她知道，什麼亞洲限量幾件，世界限量幾件，還有訂製服；但她常見母親穿著訂製服抱住弟弟，他們在母親眼中不同，然而是什麼不同呢？後來她隱約知道自己是父親的小三生的，母親當然不喜歡她。這些事只能聽不能問也不能說，常常她作著各種逃家的夢。

「你回來了，今天做了你愛吃的紅燒獅子頭，還買了你指定仁愛路那家麵包店的三明治。」這個家只有管家關心她愛她，她愛什麼都想辦法幫她買回來，然而沒有母親的痛苦是填不滿的黑洞，她沒好氣地回管家：

「不吃不吃不吃！我不餓。」

「你看我燒了這桌菜，六菜一湯，都是你指定的，多少吃一點，看你瘦得剩一把骨頭。」管家是外面大餐廳的大廚，還在電視上表演過做菜，被父親挖到家裡當管家，她的廚藝一流，每天想方想法變出她愛吃的，越是這樣她越挑嘴，指定買哪家的東西也只吃一口或不吃，雖然家裡只有三個人，晚餐固定還是做一桌，而且都是大盤菜，以防父親早回要吃，菜永遠多做且剩很多，剩菜大多讓司機打包回家。

MINI勉強吃兩口，就回房寫作業，今天她的心情特別孤單，於是撥了那個考慮很久的「愛老師」專線：

「您好，我是愛老師，你有什麼心事可以給我說喔！」電話中的愛老師聽起來是很年輕的女人。

「我……我，很想離家出走。」

「為什麼呢？你現在念高中？」

「國一，我的聲音聽起來這麼老？」

「老？哈哈哈！」是個爽朗的愛老師，她喜歡。

「我爸我媽都討厭我，我早就想逃出這個家！……」

管家在門外聽到她們的對話，隔天便去向那個愛老師求助：

「她太可憐了，愛老師可以來當她的家庭教師，常常來陪她嗎？她太需要人陪了！她原有個家庭教師，都被她氣走了。」

「不行喔！我們不能介入案主，但我有個案主，可以問她願不願當家教，她成績非常好，北一女的高二學生，教國一應該可以。」

愛老師介紹的喬，父親在她很小時棄家另娶，母親發瘋，家裡沒有整理，也沒有吃的，母親每天都煮同樣發臭的東西，她幾乎不吃飯，餓時就吃冰，弄得身體狀況很差，學校也沒有朋友，怕別人知道她家的異常，如此她成績還保持前三名。她求助愛老師有段時間，愛老師會管她的飲食正常，不要吃冰，還要她去看醫生。喬來當MINI的老師，兩個人超能聊，兩個人變成好朋友，也常相約出去玩，喬常被留下來吃飯，營養與精神調養得越來越好，MINI的成績進步很多。這世界上多的是比我們不幸的人，現在的MINI很開心。

MINI畫金面巫后調動巫師巫兵，與鋼鐵武士合力對抗吸血鬼大軍，他們的身手矯捷，像貓一樣跳到人身上，只要咬到人，對方就變成吸血鬼，因此越殺吸血鬼越多，鋼鐵武士雖是全身盔甲，然吸血鬼進攻他們的腳踝與脖子，鋼鐵武士被咬之後，丟盔棄甲，變成一個個吸血鬼。

巫后派出的巫兵，能夠隱形遁地，他們用神箭射殺吸血鬼，如此他們一個個臥倒。這時吸血鬼之王，派出吸血神獸，牠們大似恐龍，貌似暴龍，一個個將鐵甲武士捏爆，並吞吃了巫兵，一時腥風血雨，滿地屍體，大地如在哭泣。

黑暗的森林中發出光芒，愛善女神出現，她身上帶著寧靜與祥和的力量，讓人接觸到她的光，會發出歡喜的讚歎，黑暗的吸血鬼消失無蹤，一切的邪惡與黑暗都被光驅逐。

愛善女神身邊有個靈智女神童，她吹著美妙的笛音，金面巫后也彈奏起古琴，這時光明越來越盛大，黑暗的勢力消失於無形。

「吸血鬼消失了，我們快去救出古斯！」

創作重點：

一、情節的重心放在MINI身上，雖然生活在富裕的家庭，卻感受不到愛，因而感受到痛苦，不得不求助愛老師，她介紹喬當她的家教，喬的家庭狀況更糟，兩個缺乏愛的人相互取暖，成為好朋友，各自都得到幫助，因此在MINI畫的故事中，出現了愛善女神，她的身邊有個靈智女童，那即是喬的化身。

二、這裡出現較多的對話，對話在小說的寫作中極為重要，對話不是會話，也不是演，或是作文，那都會變成廢話，對話在希臘時代就很受重視，出現許多哲學家的對話錄，它是針鋒相對的語言，柏拉圖將之稱為直接的語言，而敘述是間接的語言。在小說中稱為人物的語言與敘述人的語言，人物的語言有獨白，內心獨白、也有座談會式的各說各話，對話必須是針鋒相對、且有交集。

衝突—故事就是自己

他們的祕密終於被發現了。

「你們不上課，在畫什麼鬼？還擠眉弄眼的？你，你，都給我站起來！到後面站到下課。」數學老師「鬼臉」瞪大牛眼，整張臉因暴怒扭曲更像惡鬼，還沒收他們的數學練習簿。

小米、MINI、果粉、NOKIA走到後面站成一排，老師繼續上課，同學有的掩嘴笑，有的嚇到面無表情。小米小聲說：「我覺得他會撕掉我們的祕笈。」果粉說：「不會吧！那太過分了！」

「你們還在講話，還在擠眉弄眼，是你們逼我的，看我撕了它！」鬼臉揚起手中的數學練習簿，一面翻一面說：「不算數學，好好的簿子畫得亂七八糟，氣死我了！」正要撕時，NOKIA快速跑到前面奪下老師手上的簿子，老師氣得快瘋了：

「給我！」

「不要！」老師一出手，NOKIA一直躲，還跑給老師追。

「你敢反抗我，我一定要你記過！叫你家長來。」這時下課鐘響起，老師停止追逐，氣呼呼地走了。

第二天，NOKIA被叫到教務處，隔天他的母親從屏東特地到學校，在教務處拚命向老師道歉，黑黑的皮膚臉上有汗水也有淚水，她長得有點像原住民。

NOKIA看到母親，繃著臉不說話，一面自言自語：「叫你不要來，你偏偏要來，我再也不理你了！」他的母親是來義的排灣，嫁給平地當建築工人的父親，父親愛喝酒，酒醉後就打母親，在他五歲時帶著他逃回山上部落，NOKIA是在部落念小學，因成績優異，三年級轉到潮州國小，每天從部落騎一小時腳踏車到學校上學，畢業時拿了鎮長獎，舅舅在臺北沒有小孩，說NOKIA腦袋好，將來會有出息，要他到臺北念書，他願意供應他。舅舅待他就像自己的兒子，讓他吃好穿好，母親卻一次也沒來看他——他有了男朋友。這些事讓他不敢想家，雖然他一直想念母親，他永遠記得在部落時母子相依的日子，對他而言是完整而美好的世界，現在破滅了。NOKIA一直不願跟好朋友提起他的家，還有爸媽，雖然他立體深邃的五官，說明著他的血統，但他不說，大家就只看到一個長相俊秀的孤傲男孩。

母親離開前到教室找NOKIA，但他一直趴在桌上裝睡沒理會，母親站在走廊幾度想進教室，卻總是在踏近前止步，小米、MINI、果粉一起勸他：「出去吧！你媽好可憐！」但NOKIA埋著臉，動也不動，母親徘徊許久終於走了。

這時NOKIA才抬起頭，他臉上看似平靜，眼角似有乾掉的淚痕。

「祕笈」還是被沒收了，NOKIA沒有被記過，聽說老師與教官同情他的家庭背景，而且NOKIA在學校各方面表現不錯，還是田徑校隊。

「祕笈丟了怎麼辦？」

「再買新的啊！」

「故事都忘了，都是小米攪局，兩個故事交互寫……」

「那就寫威威跟傑夫，航海到黑巫島，遇見愛蓮娜跟古斯……」

「好像也可以，這樣兩個故事就融在一起了。」

他們想找新的畫畫本子，最後覺得數學練習簿最好，有現成的格子，就像漫畫書一樣，他們現在學乖了，盡量在下課或午休時間畫。這次他們讓NOKIA先畫，他畫威威與傑夫航行到黑巫島，在海邊碰到愛蓮娜正對著海哭泣，「媽媽，我怎麼辦？沒有人願幫助我救古斯！你在異次元世界聽到我的呼喊嗎？救救我！」威威說：「古斯是你的愛人嗎？我們願幫你！」愛蓮娜說：「你們是平凡的人類，怎麼跟吸血鬼匹敵呢？」傑夫說：「我知道巨巫洞中住著上千個巫師與巫兵，但他們不愛戰爭，只顧修行與練法，隱居在巨巫洞快五百年了，他們不出來見人，也沒人能見到他們。」愛蓮娜說：「我也聽過他們，但是他們不見人，你如何見到他們？」威威說：「因為小時候我被遺棄在山林中，黑巫救了我，我是被他們養大的。都五年了，我日日夜夜都想著回到巨巫洞。」傑夫說：「原來是這樣你才一心一意想到黑巫島來，但是你已離開五年，他們還願意見你嗎？」威威說：「我離開時，他們給我一個海貝作為印信，只要憑著這印信就能見到他們。」

果粉想，NOKIA所以喜歡航海故事與黑巫島，跟他自身有關，是否愛蓮娜的故事也跟她們有關呢？每個人著迷的故事都跟自己有關？

她生長在完整而幸福的家，但她常常懷疑，她是否是爸媽真正的孩子，這世界上是否存在另外的真正父母？

創作重點：

一、故事能繼續開展，必須靠一連串的衝突，這裡的衝突以數學老師和NOKIA的衝突為主，讓情節像階梯一般展開，一步一步升高，也藉衝突反映人物的個性。MINI家雖有錢，父親常不在家，母親對她很冷淡，令她常常不快樂，因喬的關係，她變的樂觀。隨著她心情變好，畫畫中出現愛善女神。故事雖然兩線交織，卻要相呼應，主情節是明面，副情節是潛意識的表現。

二、另外他們寫故事被發現，帶出NOKIA的故事，NOKIA的故事跟自己的身世有關，這裡帶出人物的身世與不同的故事故而「果粉想，NOKIA以所以喜歡航海故事與黑巫島，跟他自身有關，是否愛蓮娜的故事也跟她們有關呢？每個人著迷的故事都跟己己有關？」可說點出故事的主題。

開展之3——真姐姐假爸媽

有一次果粉在西門町遇見MINI與喬逛街，看她們有說有笑，好不歡樂，果粉很久沒見過MINI笑得這麼開心，便上前去打招呼：

「嗨嗨，我拚命揮手，你們都沒看到我，只好破壞你們的歡樂。」

「哪有，只是正聊到好笑的，這是喬，我的家教老師與好姐姐，張小喬，北一的。」

「原來，怪不得最近功課突飛猛進。」

「屁啦！你的成績一直是前十，還敢笑我。」

「哪敢啊！姐姐，你好，我是果粉，張小喬。我也可以問你功課嗎？」

「別在馬路上聊，擋路，我們去麥當當坐吧！」

三人在麥當勞聊到天黑都不知道，果粉驚訝於MINI的改變，喬的悲劇家庭，與愛老師的幫助，原來這世界上多的是比自己慘的人，也有一些人在默默付出，世界並非她所想的冷酷。

「看來，我也應該去找愛老師。」

「你爸媽還是疼你的，你有什麼問題。自從認識喬，我覺得我們好親，比真姐姐還親，而我的真爸媽比假的還疏遠。真的假的有那麼重要嗎？只要他們真的愛你。」

「不，偏心的愛跟虛假的愛我不稀罕。」

「沒想到果粉比我還偏激，我想你更需要愛老師，打給她吧！」

果粉打電話給愛老師，說了一大堆對爸媽的不滿，愛老師聽她說完才說：

「你真的那麼在乎？連傷害爸媽也沒關係？」

「我在乎，我真的很在乎！」

「那你允許我跟他們聯繫？一起作諮商？」

「好……啊！」

愛老師先聯繫果粉的爸媽，說明狀況，約親子一起諮商，爸媽先來談一小時，果粉晚一小時才進諮商室。果粉的爸媽早知道她滿懷心事，只是不知這麼嚴重，便如期赴約，愛老師的年紀大約三十幾，滿臉笑容，說話時分析力很強，顯得很專業，熱情又認真，讓原本存疑的果粉爸媽，漸漸放下心防：

「這孩子從小鬼頭鬼腦，心思特別多，當年的確發現抱錯，但馬上發現，立刻換回來，說了幾次，她都不相信。」果粉的媽說。

「抱錯那段時間，雖然只有兩個月，我們對那孩子已經有感情，雙方都依依不捨，還常瞞著她偷偷去看那孩子，有時覺得自己的孩子很難搞時，就會想當時不要換回來也不錯，可能是這種想法傷害了她吧！」

「嬰兒與兒童也是有感覺的，會在某個時機爆發，心理學有個理論說出生即傷害，嬰兒經過種種痛苦與驚險才降生，對生命分離存在著焦慮，因此迫切需要大量的撫慰與愛，不要說兩個月，一天的分離都能造成陰影。我有個案主，因孩子太多，被父母抱去送人，才一天就後悔，抱回來之後拚命補償她，這孩子好像知道自己是被棄的孩子，長得特別可愛特別乖巧，等到她進小學聽旁人提起這件事，她崩潰了，無法上學，也不肯說話，治療十幾年才勉強能接受自己與這件事實，所以，對這樣的小孩，要特別特別小心。」

「唉呀！是我們太大意了！現在怎麼辦呢？」

「當著孩子的面，把真相說一遍，然後要肯定你們對她的愛，要專注又真切地表白。做得到嗎？」

「好難，但我們願意試試，不想失去她。」

「現在我可以叫她進來了。」

果粉走進諮商室，爸媽一起抱住她，臉上淚流不止，果粉有點轉不過來，爸媽們專注地看著她的眼睛說：

「孩子，爸媽對不起你，你真的是我們的親生女兒，在初生時是曾經抱錯，馬上換回來了！我們真的很愛你，真的！」果粉的眼淚也大把大把流下來，然後把頭埋入父母懷中。

果粉那天畫愛善女神與金面巫后，率領巫兵巫師攻打吸血鬼王國，兩方在城堡外的廣大原野交戰，愛蓮娜與威威則潛入古堡，想救古斯，然吸血鬼打死後瞬間復活，越打越多，愛善女神彈著小豎琴，靈智童子吹笛子，令人入魔的樂音，讓吸血鬼起舞，像催眠一樣，一個一個從古堡跳下，正在打仗的放下武器，起舞後倒地不起，巫兵與巫師用符咒在吸血鬼身上貼了印記，以封印他們的魂魄，吸血鬼王國藉此得到安息，百年內再也無法活動，此時城堡一片寧靜祥和。

愛蓮娜與威威找不到古斯，他被關在無人知曉的地方，他們跑遍了古堡，就是找不到古斯。「古斯，古斯，你在哪裡？」愛蓮娜不斷呼喊，他們心意相通，她知道一定會找到古斯的。

創作重點：

一、這裡帶出果粉的故事，她懷疑自己的身世，去找愛老師，老師靠諮商幫她打開自己的身世之謎，讓果粉的個性顯現，如此全部的人物描寫都俱足，故事已完全展開，可朝高潮奔去。

二、小說的情節照開端—開展—高潮—結尾依次展開，再開展之後，必須設計一大事件，讓情節步步墊高。

天使心

小米跟爸媽與好友環島一週後很開心，爸媽過完年回大陸，並邀請同行的人到大陸一遊，大家都說再計劃，小米知道這麼完美的旅行很難再求，她已心滿意足。

她畫威威與愛蓮娜為進入百步蛇王國，爬到黑山之上，許多人都勸他們不要輕易進入蛇谷，那裡各種毒蛇群集，其中百步蛇最毒，為百蛇之王，一旦進入沒幾步就會被咬死。但是為了救古斯，他們什麼都不怕。

在接近蛇谷時，森林中有人吹笛子，笛聲悠遠，迴盪在山谷中，他們尋找笛聲的來源，但見一個牧羊童坐在樹上吹笛子。威威問他：

「請問蛇谷怎麼進去？」

「不能進去，你不怕被蛇咬死？」

「我的朋友在那裡，我們一定要去救他。」

「死都不怕？」

「為了朋友死都不怕！」愛蓮娜與威威齊聲說。

「你們願意幫我趕這一百隻羊嗎？」

「趕羊？你要我們替你趕羊？」

「是啊！趕完羊也許我可以帶你們進蛇谷。」

「真的？太好了，我們試試，從來沒趕過羊。」

威威與愛蓮娜幫牧羊童趕羊，牧羊童在羊群前面吹笛子，他的笛聲有股魔力，羊群乖乖地跟他走，只有幾隻小羊脫群或落隊。威威拿根較粗的樹枝，輕拍小羊，小羊怕棍子聽話往前走，愛蓮娜卻趕不動，想抱小羊走，小綿羊很乖覺，還沒碰到牠就溜走了。愛蓮娜追著小羊，摔了一跤。

「怎麼辦？」愛蓮娜快哭出來。

這時牧羊童的笛聲停了，羊群不再前進，有的坐下來休息，有的找草吃，奇怪的牠們都沒跑遠，近百隻羊在一定的範圍內活動。

愛蓮娜越追小羊越是跑，最後躲進叢木中，牧羊童過來，對小羊吹了幾聲口哨，小羊出來了，乖乖走到牧羊童身邊。

太陽下山，天色漸暗，牧童將羊趕進河邊的柵欄，在河中網了幾條魚，然後生起火，烤馬鈴薯與魚，大家圍著火聊天吃晚餐，威威問牧童：

「你的笛子怎麼那麼厲害，羊都乖乖聽你的？」

「你見過天使嗎？」

「沒見過，你見過？」

「可能見過，我幼小時好幾次差點病死，家人都要放棄救治，有一次發高燒，我的氣息漸弱，覺得可能撐不過那個夜晚，半夜醒來，看見一個全身發光的小孩，我問他：『你是來接我的死神嗎？』他說：『不是，你認不出我，我就是你啊！你才是天使，你自己不知道。』我說：

『別跟我開玩笑，我是快死的人！』他說：『你有顆天使心，能帶給人歡樂與希望，你自己不知道，才會一直生病，你要認識你自己，如果看見天使，要認出他來，將他放進你心中。』消失前他給了我這枝笛子，說完，應該是天使的人消失，從那時起，我的病漸漸好，每天開開心心做每件事，並練習吹笛子，讓笛音帶給人歡樂與希望，讓每個時刻都存在著天使心，剛開始是週邊的人喜歡我的笛音，後來鄰近的村莊都來聽我吹笛子，現在綿羊與動物也喜歡聽我吹笛子，有天使心在，就能看見天使。」

「哇！太玄了！聽不懂！」

「明天我帶你們進入蛇谷，也許你們就能看見天使心。」

「太棒了！」

什麼是天使心呢？小米想不明白，天使是有翅膀的小孩嗎？誰見過呢？小米畫到這裡畫不下去，傳給NOKIA，他最近心情很好，媽媽真的搬來臺北，跟同鄉合租一個房間，白天在包子店打工，那家包子店在捷運站附近，生意非常好，以前住附近的MINI常會買那家的包子當早餐，總會多帶幾個請好朋友吃。現在NOKIA常常到那裡幫忙，那些阿姨們都很喜歡他，覺得他很懂事勤勞，老闆要給他工錢，他不收，只收包子；因此他們常有一大包各種花樣的包子吃，甜的鹹的都有。他一大早去幫忙，然後提著熱騰騰的包子來給大家當早餐，讓其他人羨慕死了，NOKIA說如果同學想吃包子餐，他可以免費代訂兼外送，同學們也很踴躍訂購，包子店買十送一，這樣大家早上可吃到剛出籠的熱包子加豆漿或奶茶，大家都說這是「幸福早餐」。

因為要送十份以上的早餐，包子店給NOKIA一個大保溫箱，他背著大書包，還要背特大號的保溫箱，但是他從不叫累，臉上滿是笑容，以前的他臉很臭，現在完全變了一個人，MINI想也許天使曾經來過，只是NOKIA自己不知道，天使不是包子，也不是母親，也許是一種恩典降臨人間，其中有愛與希望的光輝。

創作重點：

一、他們一起出去旅行是故事的轉折，因為拜訪NOKIA的家鄉，故事中也出現百步蛇王國，牧童的出現也是故事的大轉折，他有顆天使心，這裡探討天使心，也算是故事的意旨之一。

二、NOKIA的悲苦生活也有了轉折，母親來臺北，他原本陰鬱的個性改變，小米想天使心就是恩典，進一步點明題旨。

故事的魔法

NOKIA畫牧童帶著愛蓮娜與古斯進入蛇谷，才進去沒多久就被蛇群包圍，牠們大都是毒蛇，其中的蛇王是百步蛇，昂高著頭，體積比其他蛇大上好幾倍。蛇王對牧童說：

「你帶他們進入蛇谷，是想用你的笛聲迷惑我們吧，但是我們常聽你的笛聲，已有抵抗力，你能奈我何？」

「我今天來是跟你們談判，不是來吹笛子的，你們要怎樣才能放了古斯？」

「古斯是吸血鬼王交給我們看守，如果放了他，鬼王是不會放過我的。這件事沒法談。」

「如果用我來交換古斯呢？把我交給鬼王。」

「鬼王要你做什麼？他們要的是古斯。」

「古斯跟吸血鬼王國到底有何仇恨呢？」

「古斯的父親引誘吸血鬼王的母親，辜負了她，娶了愛蓮娜的母親，讓鬼王的母親含恨而死，這樣的深仇大恨，鬼王不會放過古斯與愛蓮娜的，讓愛蓮娜走，已是最大的赦免了。」

「我知道了，我不要求你們放了古斯，把我關起來，跟古斯在一起。一起交給鬼王。」

「鬼王明天要殺古斯，你也要一起嗎？何苦呢？救不了古斯，又要賠上你。」

「我願陪伴古斯，把我綁了吧。」

「不要啊！要去也是我去，我願陪古斯一起死。」愛蓮娜哭喊。

「我相信牧童一定有辦法救出古斯，讓他去。」威威說。

「真的嗎？你為何相信他能救出古斯。」

「他是天使，我相信他。」

蛇王帶領牧童進入蛇谷的黑死洞，古斯被關在那裡，威威與愛蓮娜眼睜睜地看著牧童被群蛇帶走。

牧童進入黑死洞，見到古斯，他有一張無邪的臉與迷人的笑容，原來吸血鬼與人相愛的人鬼戀，會生下更為純真迷人的後代，怪不得愛蓮娜如此痴戀著古斯。

「謝謝你進來救我，我想是沒救了，還要賠上你，心裡真過不去。」

「別這樣說，你的父親有留下什麼遺物嗎？」

「我頸上戴著留藏有母親相片的項鍊，便是他留給我的。」

「可以讓我看看嗎？」古斯脫下項鍊交給牧童。

那項鍊的歷史悠久，銀的材質已有點發黑，項鏈頭做成心型，打開心型的鍊盒，裡面是愛蓮娜母親的照片，照片上有血的痕跡，牧童取下愛蓮娜母親的照片，裡面另有一張照片：

「這就是了，仇恨從這裡開始，這條項鏈原是吸血鬼王之母的項鍊，是她送給古斯父親的訂情物，但他愛上了愛蓮娜之母，便換上愛人的照片，鬼王之母死前用她的血在這上面立了血願『願此愛常存，永無怨悔』，一定有化解之法的。你不用擔心，我會救你的。」

隔天鬼王要在蛇谷處死古斯，正要下手時，牧童拿出鬼王之母的項鍊說：

「這是鬼王母親的遺言，你看看吧！」

鬼王看到母親的照片與遺言，痛哭失聲，鬼王與蛇王的手下都呆住了，牧童說：

「你的母親知道她的死將引起仇殺，因此立此遺言，她都無怨悔，難道還要抱仇。」

「母親什麼都沒留給我，這個項鍊給我，我將供奉此物，讓她安息，並永遠追思母親。」

「她是個偉大的勇者與智者，讓我們為她默哀吧！」所有人的為鬼王之母默哀，牧童還拉了古斯跪下來。這舉動讓鬼王感動。

「死者已矣，我將以此物召喚我的母親魂魄歸來，你們走吧！」

牧童帶著古斯走出蛇谷，他邊走邊吹笛子，那笛聲讓每個人落淚。

小米在微信上找到那個上海男孩，兩人互加為好友，MINI也給TOM寫E-mail，不久TOM回信：

收到你的信，我高興許久，一直懷念一起上學的時光，尤其是妳，常常逗我開心。在這裡生活好寂寞，一天練琴至少十小時，德國人較冷靜，很難深談，也很難交到朋友。我們以前可是無話不談，親愛的朋友，別說我太忙，再忙也有給朋友寫信的時間；也別再說我忘了你，你一直保存在我內心最珍貴的角落，希忘你也一樣別忘了我。一定要保持聯繫哦！

MINI看了信，又哭又笑，原來這世界上真的有天使，祂將帶來恩典，她彷彿聽到牧童的笛聲。而小米現在幾乎天天在微信上跟上海男孩聊天，等到再熟一點，他們也許會點那上面的電話，聊個沒完沒了，現在的她們已心滿意足，畢竟她們才十三四歲，更相信友情勝過一切。

故事中的情節牽動著生活的改變，這便是故事的魔法，她們深深相信著。

創作重點：

一、故事到了小高潮，古斯與愛蓮娜終於見面，也點出古斯與吸血鬼王國的仇恨，「這就是了，仇恨從這裡開始，這條項鏈原是吸血鬼王之母的項鍊，是她送給古斯父親的訂情物，但他愛上了愛蓮娜之母，便換上愛人的照片，鬼王之母死前用她的血在這上面立了血願『願此愛常存，永無怨悔』，一定有化解之法的。你不用擔心，我會救你的。」這裡掀起的高潮，代表衝突將獲得解決。

二、情節就是衝突＋解決。而情節的逆轉必然帶來發現，小說便是一連串發現的過程，這裡因愛的主題，轉出小米的愛的故事。他們寫著故事，故事有了轉變，他們的生活也隨之轉變，這其中有魔法，那便是故事的魔法。

高潮──為你寫信

最近小米與MINI都著迷於遠距聊天，小米在微信上跟上海男孩聊天，MINI與TOM互加臉書，剛開始只是問候，後來發現越聊越久，原來大家都是寂寞的，但她們都還沒熟到可以打電話或視訊，她們問NOKIA：

「你跟朋友交往多久才打電話與視訊？我指的是異性。」

「是比朋友再好一點的朋友嗎？」

「是啊！」

「打電話與視訊是不同的。」

「有何不同？」

「打電話是友達已上，愛人未滿。視訊是愛人才用的。」

「你說得好像很懂似的，你有打電話跟視訊的朋友嗎？」

「我有已經可以視訊的朋友，但我克制自己只打電話。」

「哇，沒想到你外表老實，卻惦惦偷吃三碗公。」

「也沒有啦，就是家鄉部落一起長大的好朋友，我們常常打電話，但我們都還小，再過幾年吧！不急！」

「那你覺得我跟他可以打電話了嗎？」小米問。

「微信打電話很方便啊，只要在重要節日，相約打電話即可。」

「那我呢？」MINI問。

「臉書打電話很不清楚，除非對方換了跟你一樣的手機，你們才剛聯繫上，你太心急了，還是寫信吧，聊天有時記不得講了些什麼，就亂聊一通。」

MINI為TOM寫信，她發現TOM喜歡寫信，她寫著：

TOM：

我常想像德國是怎樣的地方，以及你的生活？一定很辛苦。相比起來，我算是平凡無奇，但我有一群好朋友，他們常帶給我驚喜，我們一起畫故事，彼此關心，一起出外旅行，在這方面，我覺得幸運。當你寂寞時，是否也有朋友陪伴你呢？如果沒有，我願聽你傾訴，畢竟我們曾有共同的美好記憶。我對你的印像還停留在美國時期，能寄給我你的照片嗎？我想知道你現在的樣子，現在的生活。

不久TOM回信，並寄上他的近照，在寒冬中他穿著厚重的黑色外套，牛仔褲，站在音樂學校的外面，露出笑容，他長高了，臉也拉長了，在俊朗中有股憂鬱，但仍是她熟悉的TOM，還有一張是正在演奏的照片，顯得很專注穩重，他寫著：

親愛的MINI：

謝謝你這麼關心我，雖然與德國同學相處得不錯，在這裡大家的功課與練習都很沉重，沒有時間玩樂與更進一步地相處。剛來時很不習慣，常常覺得孤單寂寞。我的生活很簡單，就是上課與練琴，我要求自己每天要練八小時以上。放假時，跟同學約打球，吃自己做的三明治，可以說沒有玩樂的時間與親近的朋友。只有每個週末跟家人視訊一小時，稍有一點溫暖。我知道藝術的路途就是這麼寂寞，這是我自己的選擇，我必須愛自己的選擇。因此，你不知道，有你這樣的朋友，我是多麼珍惜，所以，也多多告訴我你的生活，我羨慕你的朋友們，也希望能成為你的朋友。也請你寄你的近照，期盼。

看完信，MINI好開心，馬上回信，並寄上自己的照片，MINI長得很甜美，文靜的氣質令人印象深刻，樣子沒變，是TOM喜歡的樣子。

MINI寫牧童與古斯走出蛇谷，愛蓮娜終於見到古斯，他們拉著手相對流淚，說：「像作夢一樣，我以為我們永遠見不到面了！」歷盡千辛萬苦，威威達成他的心願，三人邀請牧童與他們一起登船航海，牧童說：「剛好我要到『虛幻島』，但我只能陪伴你們一段時間，我想在那裡長住。」

「『虛幻島』是什麼地方？」威威問。

「那個島風景優美，花園與河流密布，每隔一年，景物消失一天，人們在虛無中痛苦不堪，並忘記曾發生的事，與彼此的名字，連孩子也忘記母親，情人認不得彼此，曾經要好的朋友，變成陌生人。隔天景物回復如天堂般的美景，他們又要從陌生開始熟識，如此一再重複，因此叫『虛幻島』。」

「聽起來很悲傷，你為什麼要去？」愛蓮娜問。

「我的好朋友誤入那個地方，我要去救他，也救救那裡的人們。」

「那裡的狀況是可以改變的嗎？」古斯問。

「控制那裡的正是撒旦之子啊，他創造天堂的假象，然後讓一切抽空，我要去拯救他們。」

「我們也可以跟你去那個島嗎？」威威問。

「你們剛逃過一個劫難，又要進入另一個劫難嗎？解決那裡的困難度更高，你們不怕遺忘彼此，變成陌生人，還有那失去一切的虛空。」

「經過這次劫難，我們變得更有力量，相信我們吧！再說你救了我們，讓我們回報你吧！」

「好吧！我們一起攻克『虛幻島』，但在抵達之前，會進入迷風帶，船常因此走失。」

「我是航海高手，我不怕！」威威說。

虛幻島的夜宴聚集島上所有人，每個人穿上最美麗的衣裳，盡情忘我地歌舞，黃鶯將唱十二首曲子，從傍晚直唱到凌晨，美酒佳餚無限供應，每個人越晚越嗨，相愛的一直擁抱親吻，陌生人突然一見鍾情，敵人化敵為友，黃鶯的歌聲由歡樂慢慢轉向夢幻，將會由夢幻轉向柔情，然後曲風變悲壯，再轉為淒涼，最後是哀狂，黃鶯將此此泣血，在凌晨時分，一切化為烏有。

牧童要救黃鶯，必需先找到虛幻之花，它開在山頂無人知曉的地方，虛幻之花從那天早上吐出花苞，中午盛放，午夜凋零，他們必須在凋零之前找到它，將它採下，讓黃鶯吃下那朵花，一朵花只能救一個人，無法救全部人，他們將失去所有記憶，一切從零開始，他們必須找到那朵花，拯救黃鶯。

牧童吹起笛子，百鳥與百獸向他們湧來，牠們也知道再過十幾小時，牠們將成幻影？但牠們之中有誰知道虛幻之花開在何處？

「問紅毛猩猩，牠們的消息最靈通，八卦也最多。」金剛鸚鵡說。

「你這長舌婦，每天只會嘰哩呱啦嚼舌根，你才八卦最多，你還是廣播器，大聲公，兼重複播送狂⋯⋯」沒想到平常溫良恭儉讓的紅毛猩猩罵起人來火力驚人。

「你—們—可—不—可—以—不—要—吵？」海龜慢吞吞地說。

「你們知道我們飛得最高，看得最遠，不知道的事當然要問我們。」老鷹說。

「你是說你曾見到虛幻之花？」牧童問。

「這……好像大約可能彷彿………」老鷹支支吾吾地說。

「放屁！不知道還要裝先知！」河馬說，他平時看來懶洋洋，沒想到脾氣這麼暴躁。

「要問花在哪，當然要問蝴蝶與蜜蜂了。」老鷹說。

「如果是一般般的花我沒有不知道的，但這虛無之花只開一天，平常無香氣無花粉，跟假花差不多，只有凋零那天才會飄出幽香，可惜不知藏在哪裡，可能太遠，我們聞不到。」蝴蝶兒們說。

「聽說開在高山上，我們飛不上去啦！」蜜蜂們說。

「再問一次，有沒人知道卻沒有來的？」牧童問。

「我—點—點—看。」熱心的海龜說。

「等你點完都明年了！」河馬氣得鼻孔朝天。

「對了，蜂鳥們沒來。昨天還看到他們往山上飛。」紅毛猩猩說。

「往哪座山？快去追蜂鳥！」牧童說。

「他們一定一大早聞到花香，都飛上去了，可是紅澤山好高，都是岩石，很難爬，像我們這麼會攀爬的，一天也爬不上去，就算爬到花也凋了。」紅毛猩猩說。

牧童這時吹笛子呼叫老鷹群，但見老鷹們銜來本是為宴會而設的幾個熱氣球來，大夥兒把熱氣球綁著大籃子，因籃子只能裝兩人，牧童要愛蓮娜跟他一起上去，有老鷹的幫助，熱氣球很快飛上紅澤山頂，那裡好多小小的岩洞，裡面住著燕子與蝙蝠，紅澤山跟它的名一樣，在陽光下是褐色，到夕陽西下時，發出豬肝紅的色澤，十分美麗。那些岩洞很小，一般小孩也鑽不進去，因愛蓮娜長得特別嬌小，身體又柔軟，勉強可以進去。但是千百個岩洞，哪一個才是對的？

「呼叫蜂鳥！」牧童吹起特殊的笛音，這時小如指頭的蜂鳥從其中一個洞飛出來。

「老鷹，快帶我們靠近那個洞。」老鷹銜著熱氣球靠近那個岩洞，洞口只有煙囪大小，愛蓮娜似乎能縮骨，居然爬進去了。

裡面好黑，還不斷滴水，水流滿面，愛蓮娜無法睜開眼睛，不知爬了多久，洞變大，愛蓮娜睜開眼睛，看見如仙境一般的景象，洞內都是水藍色的鐘乳石，底下是清澈的水流，在水中開出一朵朵白色的花朵，那白近乎透明，像冰結成的花朵，還冒著白氣，它也像冰花一般已經開始溶化，果真如露如電如泡影般虛幻。

怎麼辦？愛蓮娜只顧著爬進來，卻不知下一步該怎麼辦？是該摘下它們，還是摧毀它們？她感到寒冷，這岩洞如冰山一般，她不住發抖。

MINI畫到這裡，收到TOM寄來的照片，她停下筆觀看，是他在維也納比賽得獎的照片與新聞，TOM在舞臺上與新聞上看來跟平常不同，他有著明星一般的光輝，她既替他高興，心裡卻刺刺的，他爬得越高，他們的距離越來越遙遠，有一天他會不會就像虛幻之花，讓天堂般的日子消失，一切歸零呢？

創作重點：

一、接近結尾也來到高潮，高潮原意是階梯，也就是情節步步高升，這時該到頂點，是友情的力量交互輝映，MINI與TOM，牧童與黃鶯，他們如何以信心與堅持，克服種種虛幻，少年的友誼清新與純美，越是美好越需要考驗。

二、雖說只是遊戲式地書寫故事，作為陪襯，但最後也要形成拔河的樣態，這樣才有戲劇性張力，有時次要故事也壓過主要故事，一切要慢慢形成，像編織一樣，各有各的圖案，然而相互較勁。

結尾──永恆的奧祕

MINI正害怕TOM離她越來越遙遠，誰知在奧地利賽完後，他獲邀來日本與另一日本神童鋼琴手合開演奏會，並寫信給MINI說：

這是我第一次到亞洲，我覺得非常興奮，那是你居住的地方啊！臺灣與日本很近，我要求父母安排到臺灣一遊，順便拜訪你，不知你是否歡迎，願意與我見面嗎？從美國分開到現在已有七、八年，我們都長大了，很高興你一直沒忘記我，還常寫信給我，在寂寞的時光我常想到你，很羨慕你擁有親密的朋友，還有你跟我分享你們合寫的故事，真是太有趣了，如果不麻煩的話也想見見他們，期待我們的相會。

MINI讀完信高興加上激動，TOM比她想像的珍視他們的友誼，而且他們就要見面了，這太意外太令人期待了，TOM既能來臺灣看她，她這地主為什麼不主動一些？她想親眼看見與聆聽TOM的演奏，這樣就能參與他的生活，不再胡思亂想，她好想去日本，於是與爸媽商量，結果母親願意帶她去聽TOM的演奏會，再當他們一家的導遊，帶他們來臺灣一遊，到時四人組就可再玩北海一周。TOM真是貼心與細心的人，還關心MINI的朋友，更讓人開心的是，他喜歡他們合寫的故事。

當MINI提出要去聽演奏會，TOM非常開心，有朋友在臺下為他加油，這是多麼窩心的事！當他們在東京碰面時，兩人都很靦腆，但也非常興奮，TOM變高變帥，已長成清俊的少年，但感覺他純真的心沒有改變，平常的日子他穿得很隨便，半新不舊的T恤與牛仔褲，吃什麼都說好吃，是很隨和的人；而MINI的打扮講究些，破到快分崩離析的白色牛仔褲，搭著粉紅色有紅唇亮片圖樣的T恤，配上白色的牛仔短背心，看來是俏皮活潑的美少女，剛見面的尷尬消除後，他們有說不完的話。

TOM在臺上的樣子跟臺下很不同，很酷很帥，穿著深色西裝，裡面是黑色高領衫，當音樂流出時，MINI的心在顫抖，有時像是夜濤般寧靜，有時又像千軍萬馬般奔騰，每一個音符都打在人的心上，心跳跟著加速，她好幾次眼睛泛淚，因為TOM，她做了許多許多古典音樂功課，也聽過TOM傳來的錄影帶，然而現場聆聽，好像跟演奏者共振，被織進音符的世界，更是扣人心弦。

演奏會完，他們一起去迪士尼樂園、六本木的美術館、又去秋葉原抓娃娃，感覺又回到小時候一起玩的純真世界，兩天後一起回臺灣，四人組與TOM見面，大家都沒有隔閡，因為早就聽MINI講爛了，又傳來一堆他們在東京的照片。雖然四人組的英文都不太好，現在可以靠手機的翻譯對談，MINI儘量講英文，她想練習英文，她覺得他們的友誼會很長久，連TOM都想學中文了呢！

他們一起去故宮、淡水、九份、貓空、木柵動物園，問TOM日本與臺灣哪個好玩？他打字回：「你們問我一個很難回答的問題，但我一定會說臺灣更好玩啊！」NOKIA回：「因為說日本好玩，我們會不高興，其實還好啦！東京是你跟MINI久別重逢的地方，當然別具意義。」TOM笑而不答，他轉變話題：「我對你們的故事很有興趣，可以讓我參與完成它嗎？」大家都回：「這太棒了，我們一個人畫一格，一起完成它。TOM，你先。」

TOM畫愛蓮娜摘到那朵花，因她的體溫較低，得以保持花不快速融化，但出了這洞口接觸到空氣必定會融化，她截斷一塊如冰塊般的鐘乳石與一些水，跟花放置在一個牛皮袋中。爬出洞口時，因為任務完成順利一些。等她坐進等著她的熱氣球中，牧童打開袋子，花已經快融化成水：

「怎麼辦，等我們到黃鶯那裡，花都變成水了！」愛蓮娜說著快哭出來。

「笛聲可能也沒用，我們一起祈求吧！」

「仙后曾教我唱聖曲，是用天語唱的，聽說會有奇蹟出現！你可跟我一起唱：喔咪耶那，梭依都咪，喔咪耶那，梭依都咪……」

曲子聽來好聽又簡單，愛蓮娜也加入歌頌，大約唱了三十分鐘，天空下起雪來，花遇到雪開始結冰，當他們抵達黃鶯的身旁，牧童將花放在她手中，並採一塊花瓣放入她口中，不久，她悠悠醒來。所有人快速上船離開虛幻島。

「唉，島上的人會變成怎樣呢？」愛蓮娜問。

「遺忘，然後不斷重新開始。」黃鶯說。

「那不也很好，不斷重生。」

「我寧願保有美好的記憶，那才是真正的永恆。」

MINI畫了最後一格，畫完時，他們相視而笑，這樣美好的記憶，已經深深烙印在他們心中，並掌有永恆的奧祕。

創作重點：

一、結局是衝突的解決，也是故事的滿足點，越符合情理，越有驚喜感，或是出人意表，滿足感越深，因是連載，斷斷續續寫，沒有一氣呵成，最好是先擬個大綱，讓情節更順暢一點更好。

二、當時在想題材時試寫好幾個，主編希望給少年看的作品，要正面光明些，但我希望能有較新的說故事法，戲中戲，兩線交織在一般小說不少，在少年小說只能說是實驗，它不是那麼好讀，挑戰讀者，但創作不是要追求開創嗎？

結語：小說死亡了嗎？

從二十紀以來，就有人喊著小說快死亡或者即將死亡，甚或已經死亡，小說經歷攝影技術與影視的產生，被認為是黃昏藝術；電腦與網路興起後，死亡的呼聲一直沒斷過，電腦寫詩已經不是新聞，網路小說也形成一股新勢力；然而電腦對手寫與紙本的衝擊絕沒有手機來得大，滑世代時時刻刻掛在手機上，連愛閱讀的日本上班族在地鐵上也將小本書變成手機，人們追求故事的慾望變成追劇，因為劇的故事性更強，能打發的時間更長，而且免費，這將紙本打到趴地難以再起。

小說似乎奄奄一息，故事的慾望卻永不止息，舉凡故事類型的文類只有更發達，類型小說、連續劇、電影、話劇、音樂劇……，可說如火如荼，作為純文學小說的寫作者該何去何從？我認為積極擁抱ＩＰ小說的人應有可為之處，不願跟從大勢的可能要再思考如何殺出一條血路。

米蘭昆德拉的小說終結反論（時間的召喚、哲學的召喚、夢的召喚、遊戲的召喚）與卡爾維諾《給下輪太平盛世的備忘錄》中提的輕、緩、繁、顯，看來已不合時宜，但我們看石黑一雄從嚴肅小說轉向類型，原著改編電影，得了諾貝爾文學獎，也成了暢銷作家，然而他後期ＩＰ的操作太明顯，小說水準不如以往，可見迎合娛樂文化，不一定對作品有幫助。只能說各走極端吧！愛純文學小說者可能變少但十分堅定，如愛孟若與瑞蒙卡佛的還是不少，他們的小說都難以改編，短小但並不輕薄；我更喜愛赫拉巴爾《過於喧囂的孤獨》提出的「鑽石孔眼」與佩索亞「異名者」的概念。

去年備受注意的林奕含與胡遷、金宇澄，可讓喜歡純文學小說的人作參考，林奕含帶病寫完長篇《房思琪的初戀樂園》，沒被大出版社接受，由較小型出版社出版，出書不久自殺，各種八卦報導導致大賣，也許有人說是新聞效應的關係，平心靜氣看這本書，才二十五歲的她，筆法文字皆出色，頗有張愛玲的影子，然寫法不通俗，是純文學一路；我有個寫小說的學生，不太看別人作品，文字與說故事技巧直通通，他一直不想改進他的文字，參賽落選為多：讀了她的作品，開始認識文字的重要，也大量閱讀他人作品，文字精細許多，這時開始拿獎，必須說文字是一切文學的基礎，文字不好連寫類型都不行，類型只要六分好，純文學要八、九分好，否則連基本門檻都進不去。

跟追隨經典文學傳統不同，胡遷學的是電影導演，他從類型小說出發，雖拿了電影小說大獎，小說沒有紅，他又賽一次類型，以《大裂》再得獎，他是臺灣拱出來，有知遇之情，來臺時結識一些作家，他開始寫嚴肅小說，也改拍自己的作品《大象席地而坐》，可惜種種不順自殺，這時翻拍的電影得獎，因而大紅，這是由類型轉嚴肅成功的例子。

而金宇澄因文革被下放，在底層掙扎很久，早期的小說雖精細，篇幅小，一直到寫《繁花》，先是在網路上發表，獲得熱烈迴響，再加一些補寫與編排，成為一本新的上海文學小說，成為紙本後，獲獎連連，並將由王家衛改編成電影，想必小說會讓讀者耐心讀完。幾十萬字的大長篇，說真的並不好讀，篇幅大多由對話構成，有《海上花列傳》、張愛玲、王安憶的影子，氣卻更長。他是個長篇小說家，也只有長篇能展現他細緻與複雜的心智，必須要到髮也蒼蒼才明白這點，也才有大長篇的產生。

這幾個例子告訴我們，「厭世代」在追求文學的途中，環境更為險惡，他們的心靈充滿危機與衝突，然而小說沒有死，只是在轉化，寫作的人不但沒減少，還在增加，只是讀者流失，如今是寫的人比買的人多。要找回讀者，不是要從類型下手，它的技術點低，許多人都在年少時迷過，但那是幻想成分為多的文類，並非想像力的產物，不管寫類型還是嚴肅，從經典出發基礎會高些，技術好，再轉類型，文學底子是你能走多久多遠的關鍵。

我有學生靠寫一百本羅曼史小說成為千萬富婆，來讀創作組之後，剛開始跟寫純文學的同學格格不入，她寫作速度快，會說故事，文字老舊，陳腔濫調為多，在每次評作品時，她十分受打擊，但從看年輕同學的作品中，一次又一次調整自己，讓文字更新穎，更接近時代，更要求思想深度，她本是有想法有深度之人，為生活所迫開始寫羅曼史小說，一本十幾萬到二十萬賣斷，雖有自己的讀者群，也賺了錢，但她要求更高些，至少能得獎，被文壇肯定；因此一再打掉重練，終於獲得大獎，還是歷史小說獎與散文獎，她文字變好，隨手拈來都是文章。進入文學殿堂，她的書有比較難賣嗎？以前她拿的是賣斷錢，以後是賺版稅，以她說故事的能力，相信也有一定的銷路。

看到學生的書比自己更賣，心情很複雜，但還是高興為多，難道希望他們賣得比你慘或根本賣不動嗎？新世代有出路，我們的文學才有希望，之所以對文學還抱持著希望，是因為看到不少人仍在努力寫，堅持著文學，新世代的起點都不低，配備更多，他們跨界跨性別，影像與文字兼通，普遍比我那世代努力多了，應變更靈活，只要有更好的下一代，文學會死，小說會死嗎？

未來的小說家，除了配備要升級，應變能力要更強，前人給與我們的養分，造就把文學當宗教的林奕含；胡遷結合類型與嚴肅，融合兩岸小說的優點，對岸的優點是寫實傳統，臺灣的優點是抒情因子，我們拍不出畢贛那樣的片子，但畢贛的片子結合大陸與臺灣因素，他是在取各自的優點，大陸也拍不出《人間四月天》、《一把青》這樣的劇，裡面的文謅謅大陸學不來，什麼是「黴黴，許我一個未來！」，還有瓊瑤的咆哮式文藝腔，根本文藝腔就是我們的特產啊！

光是文藝腔是不夠的，未來的小說是為能貫穿經典與現代，融和兩岸優點而設，當然他的天才很重要，膽識更重要。

代後記：缺席的人

黃家祥

他們說：你不能再活在自己的當下。他們說：你必須把自己整合進一個群體裡。他們說：你要在此。像是童年的牙醫，堅定而不容分說地，撐開我瘦顫的顎骨，忽地，牙就拔掉了。

於是我從未真正在此。

青春易感的大學時代，糊里糊塗來到了陌生的城市，陌生的山坳。大度山上的校園廣袤，走著走著常感到喘。高頻音律般洶湧的世界穿過耳蝸、腦髓直達垂落的心，有時候無端亦無力地久久經受著那樣洪襲而來的情緒起落的潮瀾，幾如月事。我的多疑與過敏阻礙了我與周遭的同儕，及事物的接觸。一種劇烈的心靈斥異感，與人並肩行走不知不覺就落了隊。以部落格的塗寫對自身的軟弱進行近乎無能的抵抗，整個人成為飽吸水體的海綿，輕輕一擠，在晚暗的校園林蔭裡默然流淚。一半是因為敏感，另一半還是因為敏感。自棄所寫，不過記述而已，是無意義的再現，徒具修辭的巧技，不能節制按抑的牢騷與夢囈。諸情感在心裡交會貫通，不能確切命名，有些偏於愛，更多是關乎缺憾。

直到芬伶老師的課堂。

修習的第一道關卡，是上交一篇文章以示心意。我寫了一個關於在課中望向窗外的男孩的故事——當然，是自己的事。老師對文章的允肯，使我像是傷口的新創之處重新癒合的柔軟肌膚，有種無助易碎而透明的強烈突觸之感。與芬伶老師相處，沒有與師長互動的壓力，她是總也不老的老師，不像初見時因為口乾嚼食口香糖，凝思的樣貌，那讓我有些畏退的孤冷沉靜，老師與我們這些初初度過教改大劫的孩子有說不完的話，聊不完的事。談我們的生活與夢想，愛以及傷害，談漫威，談《瘋狂麥斯》，也談是枝裕和與溫德斯。路上偶遇，芬伶老師變成阿芬，尖叫宛如女孩看到朋友時的驚喜，親和力十足。

後來，老師為了品質縮編了修課人數的規模，我們從寬綽大亮的課室輾轉移師到較小較集中的研究生教室。從此，我在那方往往將燈光熄黯的空間，就著投影機投射出的明度不高的爍形，領受同學們流光粼燦的文字像湧渡夢的堤岸，不禁暗自揣想，芬伶老師幾乎是電影裡的X教授，將我們召集如收容那些能力各異的變種孩童。那是第一次訝然老師愛才惜才的堅決，竟不下於書寫的紀律。

在課堂前夕，時常感到文學的肅穆與莊敬。散文課。小說課。創作與出版課。

表定的大綱有時僅是老師講課的側重，三節中的兩節其實予我們自由發揮，有時候甚至雜以實驗性的詩劇場，更包含歐美日的電影，撩喚我們對視覺與身體的感受。重頭戲必然是我們前一晚拚死拚活刪修，仍然冒有氤氳煙氣的作品。同學們目光熾灼，凝注往下捲拉的Word檔，一篇篇繳交的小說散文詩歌，學生讀，老師也讀。讀後是心得，每人都得說。我的個性靦腆害羞，一向驚憂在課堂之上表達、與老師接觸，眾人的目光一掃，便成了化石。然而，當芬伶老師記得了你，你便必須開始在腦海裡草擬一篇小小腹稿，待她點名時答之。老師不求好，但求講，老師說：「說話的時候你便也在思考，久了，自然精準利索起來。」她以自己為例，過去曾經拙於言辭，因為當了老師，年深日久也就善言起來。我在那樣的環境裡點評他人之作，也在羞恥中聆聽他人的評價，同時理解了自己的虛榮與高傲。

課後，臨近晚餐時間，我們像一群走出肅靜禮堂的小學生，嗡嗡轟轟地前往學生餐廳吃飯，圍繞著老師談天更近於野餐。這是以前從未有過的事。課堂之外，我們走入另一個光影的異域。親近老師的學生們必然都是影癡，相約臺中各地的影院，步出絨氈座椅的幻夢之境，與其說那是電影批評，毋寧說是癡狂之人雙眼愛心直冒，興奮異常的意見交換。再後來，歲末的平安夜，與彷彿歸寧返抵娘家的學長姐（同時也是課堂上我們觀看範文的作者們），在老師位於東海第二校區的家中團聚，暖融融堪比除夕。

從課堂到餐廳到老師家中，我逐漸明白往日缺席的意義。那不是人的不在，肉身的未至；缺席，是在眾人之間的空無，你是自己透明的影子。有這樣那樣的錯覺……說話是對嘴，行動像是努力跟上卻始終徒勞的不同步的鏡影。宛如Word繕打如常的字句裡，忽而誤按了空白鍵所略去的缺無。然而，也只有在眾多字句的圍繞之間，空白如此刺眼。感到，芬伶老師的課堂毋寧更接近一個被允諾的空間。可以是此，也能是彼，能簡練能繁複，可奇想可寫實……因而，逐漸適應了自己情緒的音階，從散文開始，有一雙內在之眼乍亮而睜，好像鑲裝了科幻小說裡摹述的電子重瞳義眼，我忽然就站在自己的後面。

站著站著，就等到了一本成書的自製散文集。如今的內容已然稀褪了當初的光輝，看來稚嫩生澀，託請朋友設計的封面亦顯得粗率，但那是時間犯下的跡證，青春的古蹟。與其說我為了少作愧恥而動念焚毀，不如說這本書指正了我，以一種超脫其本身的目光凜凜眺瞰。作品代我而在。

畢業離開東海，到一座多風的城市攀讀碩士，可在最後陷於論文泥沼的兩年，我還是回到了母校周邊賃居。這一次，我是老師課堂的助教，鐘響之際，老師、學弟妹與我走入這間無數寫作者曾經疊錯遇聚的課室。我們在彼此的文字裡接近文學，探問創作。我喜歡偷眼覷望學生們暗影中閃爍的眼瞳，於老師戲稱為文學DJ的課堂電腦位置，屬於我的片角一隅，輕緩捲動他們的初習之作。

不想用「贖救」這麼大的詞來描述，但文學對我來說也許是一個洞。可以藏躲，也可以本身就是這樣缺席的存在。到了現在，於消防單位服役的此刻，一切彷彿未曾改變，我還是聲聲抱歉，對於人際交往尚有未及世故的心思待學需磨，總暴露在高張輻射似的，盛大錯綜的人際群潮之間，不知所措。迎上他者的凝視，會心中一緊，顫悸不已，但文學對我的療癒，更甚以往，那使我內心那個小小的，總是錯位的自己，可以掩匿與扮裝在文學那綠光盈滿的世界，有時候，因而獲得了一點點——不是梁靜茹而是芬伶老師給的——勇氣，終於能從深冬寂冷的殼穴中稍稍探頭。

我彷彿看見，在老師的課堂上，缺席的人，一一入座。

學生誌於西螺消防分隊二〇一九年冬

周　芬　伶　作　品　集　08

小說與故事課

國家圖書館出版品預行編目 (CIP) 資料

小說與故事課 / 周芬伶著 . -- 初版 . -- 臺北市 : 九歌 , 2019.07
面 ;　公分 . -- (周芬伶作品集 ; 8)
ISBN 978-986-450-247-9(平裝)
1. 小說 2. 寫作法
812.71　　108008712

作　　者——周芬伶
責任編輯——鍾欣純
創 辦 人——蔡文甫
發 行 人——蔡澤玉
出　　版——九歌出版社有限公司
台北市 105 八德路 3 段 12 巷 57 弄 40 號
電話 / 02-25776564・傳真 / 02-25789205
郵政劃撥 / 0112295-1

九歌文學網　www.chiuko.com.tw

印　　刷——晨捷印製股份有限公司
法律顧問——龍躍天律師 ・ 蕭雄淋律師 ・ 董安丹律師
初　　版——2019 年 7 月
定　　價——340 元
書　　號——0111308
I S B N——978-986-450-247-9